DOKODEMONAI BASHO

どこでもない場所

浅生鴨
ASOU KAMO

左右社

目次

はじめに

僕はいつも迷っている。

文字どおり、道に迷ってなかなか目的地に着けないことなど日常茶飯事だし、ようやくたどり着いたと思ったら、そこは約束していた場所と違っていたなんてこともよくある。

誰も気にしないようなことを気にして余計な行動をとるくせに、みんなが気にしていることはまったく気にも掛けないから周りの人には迷惑を掛けっぱなしだ。伝えるべき言葉を選ぶのに迷って大事なタイミングを逃し、言葉選びに迷わない場合には伝えるタイミングに迷って、結局は上手く伝えられないでいる。

ゴミの分別がわからなくて混乱し、自動販売機のボタンの前で立ち尽くし、今日は何曜日なのかと同じ人に何度も聞き直す。

大きなことから些細なことまで、僕は常に迷い混乱している。

ゲーム、広告、音楽、デザイン、イベント、放送など、これまで多くの職種を転々としているのに、自分から積極的にやりたいと思ったものはほとんどない。いつも誘われるがまま流されるように職を変えて、それでもまだ自分は何をやりたいのだろうかと迷っている。

僕がこんなに迷うのには理由がある。僕には主体性がないのだ。自分でものを決めることができないのだ。僕がものごとを始める動機はいつだって外からやって来て、僕自身の中にはほとんどない。

たいていのことは苦手なのだけれども、僕が一番苦手なのは何かを断ることで、発注されるとどうしても上手く断れない。できることなら、ずっと家で本を読んだり海外ドラマを観たりしていたいという生来の怠け者なのに、声を掛けられるとどうしても断れず、いつも巻き込まれるような形で何かを始める羽目になるのだ。

受注体質の巻き込まれ型。それが僕なのだ。

うっかり受注すれば、自分では想像もしていなかった地点へ運ばれることがある。巻き込まれた結果、見たことのないものに出会えることがある。だから僕はそういう自分が案外嫌いではないし、それをどこかで楽しんでいる節もある。何もかもが理路整然としているより、矛盾だらけで予想もつかない人生のほうが面白いと思うのだ。

微かな記憶をたどって、これまで僕がさんざん迷ってきたあれこれを書き出してみた。この本を読む人が、一緒になって迷い混乱してくれるようにと、僕はこっそり願っている。

方向音痴への道【７つの基礎】

（その１）方向を確かめる前にまず歩き出す。

（その２）前の人が曲がったら、曲がってみる。

（その２）バスが来たらとりあえず乗る。

（その３）必ずどこかに着くからいちいち焦らない。

（その４）孤独や孤立を恐れない。

（その４）細かいことは気にしない。

方向音痴への道【総括】

（その１）目的地さえなければ方向音痴にはならない。目的地がぜんぶ悪い。

タコと地図

イギリス人にタコを食べさせたことがある。最初は「これはいったい何だ？」なんて言いながら美味《おい》しそうにパクパクと食べていたのに、それはタコだよと教えた途端、彼は急に青ざめた顔になって店のトイレへ駆け込んだあと、目の端に涙の跡を残したままテーブルへ戻って来て、僕の非人道的行為を厳しく攻め立てたのだった。

タコはスペイン料理や魚介のパスタなどでもわりとよく使われている食材だから、彼の言うことがまるっきり本当だとも思えないが、とにかくそのイギリス人は、自分たちはタコやイカなど食べないし、あれは人間が食べるものではないと強く言い放ったので、少なくとも彼自身はタコが食べられないということだけは、僕にもよくわかった。

一方、僕はといえばタコをよく食べる。週に一度、少ないときでも月に二、三度は食べていると思う。好きなのだ。僕の生まれ育った神戸は、昔からタコの名産地としてよく知られている明石に近いこともあってか、大人も子供もよくタコを食べるのだ。

コアラはユーカリの葉を食べ、パンダは笹の葉を食べ、フンコロガシは動物の糞を食べる。多少の好き嫌いはあるにしても、同じ種類の生き物であればだいたい同じものを食べているんじゃないだろうか。ところが、なぜかヒトには食べられるものと食べられないものがある。例のイギリス人も僕も同じヒトという生き物で、体の構造にほとんど違いはないのに、同じものが食べられたり食べられなかったりするから面白い。育った環境が僕たちの感覚に与える影響は、なかなかどうして大きいのだ。

そして、僕が道によく迷うのも、きっとそのせいなのだろうと睨《にら》んでいる。


夕方も四時を過ぎるとあっという間に辺りは暗くなって、堅牢な石づくりの建物をすり抜けて届く冷たい風が頬から耳へと抜けていく。黒々としたシルエットとなった古城の向こう側には、僅《わず》かに赤みを残しながら、しだいに夜の空が広がりつつある。そして僕は自分が今どこにいるのかがわからない。気温が急激に下がって思わず肩に力が入る。チェコの首都、プラハで僕はまた道に迷っていた。よりによって十二月二十五日、クリスマスの当日にである。

どうやら僕は旧市街の遥か南東にいるようだった。ここまで離れると、もはや街外れというよりも別の街と言ったほうがいい。アパートを出発してからずっと北に向かっていたはずなのに、どうしてこうなるのか僕にはさっぱりわからなかった。

取材で訪れたプラハに借りたアパートは十六世紀に建てられたもので、目の前を通る石畳の道は、東西に伸びる緩やかな坂道になっていた。坂を上る方向へ進むと革命広場、下っていけばヴルタヴァ川に出る。ヴルタヴァ川というのはチェコ語での呼び方で、ドイツ語ではモルダウ川という。日本ではスメタナの交響詩でよく知られているあの川だ。

ところが、アパート前にあるこの坂道が僕には上手く理解できなかった。出かけるたびに何度も地図を確認しているから、もちろん頭では位置や方角を理解しているのだが、どうしても感覚的に納得できないのだ。坂なのである。緩やかだろうが急だろうが、僕にとって、坂とは必ず南北方向へ伸びているべきものなのだ。

僕は常に方角で街を把握しようとする。この駅は街の東側にあるとか、今はあのビルの北側に向かって進んでいるとか、そういうやり方で位置を理解しているので、方角がわからなくなると、自分の位置もわからなくなってしまうのだ。

方角なんてどうでもいいだろうと言われそうだし、実際プラハの人たちだって東西南北など気にもしていないから、どちらが北かを尋ねても、困ったような表情とともに「さあね」という素っ気ない返事しか返ってこない。でも僕はそれでは困るのです。

僕の育った神戸はとてもシンプルなつくりになっている。山と海に挟まれた東西に伸びる街は、坂を上れば北側の山に、下れば南側の海に着くし、大きな通りは必ず東西方向にまっすぐ伸びている。だから僕は山が見えるとそちら側を北だと思い、坂を下れば南に向かっていると思う。もしも一本道に下り坂と上り坂があろうものなら、たいへんなことになる。僕の感覚では、坂を下っている間は南へ向かっているのに、上り始めた途端に北へ向かうことになるから、これはもうパニックになるしかない。笑われるかもしれないが、それが育った環境によって僕の体に刷り込まれた方向感覚なのだからしかたがない。

かくして、旧市街から遠く離れた郊外で、僕は心細くなっていた。朝から何も食べていなかったし、冷蔵庫はほとんど空っぽだったから、近所のスーパーで食材を買おうとしただけなのだ。せっかくのクリスマスだし、鶏肉でも買って来ようと気軽に出かけただけなのだ。

それなのに、なぜ僕はこんなところにいるのか。誰かに道を尋ねたいのに、人の姿をさっぱり見かけない。いいですか。クリスマスのプラハには人がいないのですよ。

クリスマスのプラハと聞けば、多くの人がロマンチックな風景を思い浮かべるだろうし、実際に昨日の日没まで、つまりクリスマスイブになるまでは、街のあちらこちらで見かける大小のクリスマスツリーや店頭の飾りつけが、あるいはけっして派手ではない教会の柔らかなイルミネーションが、いかにもヨーロッパのキリスト教国らしい雰囲気を醸《かも》し出していたし、街行く人たちもどこか優しい笑顔を浮かべて、クリスマスを心から楽しんでいるようだった。

ところが日が沈んでクリスマスイブに入った途端、急に街から人が消えたのである。ウロウロしているのは観光客ばかりで地元の人はほとんど見かけない。それどころか、店もどんどん閉まっていくからわけがわからない。日本だったらクリスマスのディナー客で賑わいそうなレストランも、おしゃれなカフェも、躊躇《ためら》うことなく軒並み店仕舞いをしている。

実は、プラハの人たちは僕たちが想像しているよりもずっとクリスマスを大切にしていて、この日は自宅で家族揃って過ごすから、店など開いている場合じゃないらしい。

もちろん食材は探したいが、それはアパート近くへ戻ってからの話だ。僕は頭の中に地図を浮かべた。今は南東にいるから、まずは西を目指そう。ヴルタヴァ川にぶつかったところで右に曲がれば、そっちが北だ。あとは川に沿って歩けばアパートの近くまで自然にたどり着く。

舗装道路と石畳が交互に現れる道を僕は西に向かって歩き始めた。ところがいくら進んでも川に行き当たらない。何かがおかしい。だからといって、いまさら方向を変えるとまた混乱するから、川にぶつかるまでは我慢して進むしかない。これまでの経験から、たぶんなんとかなるだろうと思ってはいるものの、暗いというだけで心細さは増す。

チェコは四方を外国に囲まれているから、どの道を進んでも最終的には国境に行き当たることになる。この道もきっと国境につながっているのだろう。すべての方角が常に他国と接している国と、周囲を海に囲まれている日本とでは、国境に対する感覚も根本的に違っているんだろうなんてことを暗い石畳の道を歩きながら考える。

どこまで行っても川にはぶつからないが、しだいに街灯が増えてきたようで、道がぼんやりと明るく見えてきた。なんだかホッとする。

「あれ?」突然、見覚えのある建物に出くわして僕は声をあげた。いつの間にかアパートのすぐ近くまで戻っていたのだ。どうやら西へ向かうつもりで歩いて来た道は、ゆっくりとカーブして途中から北へ向かっていたらしい。これは意外な展開だった。いいですか。神戸の道は東西方向か南北方向のどちらかだけなのです。まっすぐなのです。まさか道の向きが途中で変わるなんて、僕に思いつくはずがないじゃないか。

それはともかく、ここからなら迷わずに帰ることができそうだ。ようやく緊張が解ける。

ブランドショップが立ち並ぶ大通りに入っても、やっぱり人の数は少なかった。どの店も閉まっているのだ。大型ショッピングモールの入り口は開いているけれども、中には警備員が立っていて、入ってくる観光客に「休みです」と言い続けている。だったら入り口を閉めて張り紙でも出しておけばいいのに、なぜかそうしないところがヨーロッパっぽい。

僕が食材を買おうと目指していた二十四時間営業のスーパーも閉まっていた。まさかこの店まで閉まるとは思わなかった。さてどうする。アパートに戻っても食べるものは何もないが、だからといって外で食べることもできない。カフェもレストランも閉まっているのだ。

困り果てて通りの向こうへ目をやると、黄色い背景に赤い線で描かれた牛と鶏の絵が視界に入った。開いている店があるじゃないか。僕は躊躇《ためら》うことなく通りを渡り、店に入った。どうやらイスラム系のハラル食品を扱っている店のようだった。なるほど、それならクリスマスは関係ない。僕は肉売り場の冷蔵庫を上から覗き込んだ。クリスマスは関係ないはずなのに、なんとなくクリスマス用のチキンらしきものを売っている。僕のようなうっかり者が買いに来るのかもしれない。

ふと、鶏肉の横に置かれたスチロールパックの上で目が留まった。薄い乳白色のラップ越しに見えていたのは、まぎれもなくタコだった。プラハの人はタコを食べるのか。それともイスラムの人が食べるのか。そもそも海のないチェコで、なぜタコが売っているのか。これはいったいどこで獲れたタコなのか。疑問が次々に沸き起こる。だが、とにかく僕の目の前にタコがある。それはまちがいのない事実だ。気がつくと僕はタコのパックを手にしていた。

アパートに戻って台所に立ち、タコをざっくりと切る。いわゆるタコぶつだ。一つを指先でつまんで口に入れた僕は、予想外の味に一瞬体を震わせた。酸っぱかった。酢ダコだった。

まさかクリスマスのプラハで酢ダコを食べることになるとは思わなかった。その酢ダコはずいぶん硬くて、赤というよりは暗い紫色で、まあ要するにあまり美味《おい》しくはなかった。それでも朝から何も食べていなかった僕は夢中になってタコを食べ続けた。鶏肉を買うために近所へ出かけただけなのに、さんざん道に迷った挙句《あげく》に、なぜか酢ダコにたどり着いてしまった僕は、やっぱり自分の育った環境から逃れるのは難しいのだろうなあと思った。

おばあさんのバイキング

旅先での朝食は街の中のカフェや喫茶店に限ると思っていて、特に一人旅ではホテルや旅館で食べることがあまりない。何かこれという理由があるわけではないのだが、できれば早朝から開いているカフェや喫茶店で、その街の人たちが新聞を読んだり店員と他愛のない噂話をしたりしながら朝食を食べているのを横目に、のんびりコーヒーやお茶を飲むのが好きなのだ。朝の過ごし方は、その街の人々の暮らしを映し出しているような気がする。

ヨーロッパであれば、たいていの地域でパン屋とカフェが朝早くから開いているし、アジア圏ならお粥《かゆ》の屋台へ出向くことになる。日本国内なら、地域によってあれこれ様相の変わる喫茶店のモーニングセットが面白い。もっとも僕は朝からたくさん食べることができないので、本当は美味《うま》いお茶かコーヒーがあればそれで充分だ。

だから、チェックインしたときに、朝食がうどんのバイキングだということをフロント係から聞いていなかったら、僕がホテルの食堂へふらりと足を運ぶこともなかったはずだ。

うどんといえば香川県。そう、これは香川県での話である。

その朝、僕は珍しくホテルの一階にある食堂へ向かった。泊まったのはけっして高級とは言えない、むしろ、どちらかといえばかなり安い部類のビジネスホテルで、他の宿泊客のあとについてフロントのすぐ脇にある入り口を抜けると、いくつかのテーブルとパイプ椅子が無造作に置かれた広い部屋に出た。それは食堂というよりは、食事もできる休憩室かロビーといった雰囲気の場所で、くりぬかれた壁の一部が、細長いカウンターを兼ねた窓になっていた。その向こう側には調理場が見えている。

テーブルはどれも小さくて、クロスは掛けられていなかった。つるりとした樹脂製の天板を拭けばそれだけで掃除が終わるからだろう。パイプ椅子がガタつくのはしかたがないとしても、破れたところをビニールテープで補修してあるのは気になったし、そのビニールテープが半分剥《は》がれてブラブラ垂れ下がっているのは、もっと気になった。

壁に取りつけられているテレビはかなり大きなもので、壁の半分近くを占めていた。画面の中で司会役のタレントが難しい顔つきで社会問題についてコメントしているのを、年配のカップルがぼそぼそと食事をしながら眺め、ときおり感想を漏らしていた。ここ十年近くワイドショーをほとんど見ていない僕は、画面に映っている人たちが記憶の中にあるワイドショーの出演者たちと変わらないことに驚いていた。司会者もコメンテーターも番組の内容も、見たことのあるものばかりだった。ただ全員が十年分歳を取っていた。

フロント係の話とは違って、朝食はうどんのバイキングではなかった。部屋の隅に置かれた事務用の長机には白いレースの布が掛けられ、その上にバイキングというにはちょっと寂しい品数の料理皿が並んでいた。ごはん。焼き魚。筑前煮。生卵。白菜の漬け物。そして味噌汁。メニューはそれがすべてで、料理をつくった人たちには申しわけないのだけれども、見た目はどれもあまり美味《おい》しそうではなく、これはもうメニューを選ぶのではなく、朝食を食べるか食べないかを選ぶという、別の選択を迫られているような感じだった。

けれども僕に選択する権利はなかった。

驚いたのは、長机のそばに置かれた背もたれつきの丸い椅子に小柄なおばあさんが座り、よく通る高い声で、はいあなたはごはん大盛りね、魚は三切れ取りなさいね、筑前煮はニンジンを多めに取らなきゃダメねなどと、一人ひとりに食事の分量を指示していることだった。

おばあさんが客の何を見てそれぞれの分量を判断しているのか、いや、それ以前にどうしてそんな指示を出しているのかが僕にはわからなかった。けれども、バイキングの列に並ぶ宿泊客たちは、誰もおばあさんの指示に逆らうことなく、言われたままの料理を自分のプレートに載せ、それぞれのテーブルへと静かに戻っていくのだ。

どんどん客に指示を出すおばあさんは、とても楽しそうだった。

やがて僕の番がやって来た。椅子の座面には座布団が何枚か重ねてあって、もしもそれがなければ、おばあさんは僕の視界から消えてしまいそうだ。

朝からたくさんの食事を摂るのは苦手なので、僕はお腹はあまり空いていないとおばあさんに伝えた。

「朝ご飯はたくさん食べないと力が出ないんだよね。ゆっくり食べればちゃんと食べられるはずだからね」おばあさんは僕の目を覗き込んだ。

「お客さんはハイカラだね。どこから来たの」

「東京です」

「東京だね。じゃあ、ご飯じゃなくてパンにしなきゃね」おばあさんは体をひねるようにして手を伸ばすと、カウンターの裏から小さなまるいフランスパンを二つ取り出し、僕のプレートにひょいと載せた。

「筑前煮は食べなくていいから魚をふた切れね。それから卵とお味噌汁ね。卵は二つね。うちの卵は美味《おい》しいからね。あと、漬け物は無しでね」おばあさんは僕の朝食をそう決定した。

おばあさんというものは、たいていの場合、おじいさんよりも大胆だし恐いもの知らずだと僕は思っている。あれこれ迷うおじいさんを尻目にさっさとものごとを決め、前を向いて歩き出すおばあさんの姿は、見ていて気持ちがよいとも思う。

ただ、これは朝食ですからね。しかも僕の朝食ですからね。

けれども、その毅然としたもの言いは、なんだかとても逆らえるような雰囲気ではなく、僕はおばあさんの決定に従うほかなかった。はい、わかりました、魚をふた切れいただきます。漬け物は無しで。はい、ありがとうございます。

焼き魚がふた切れ。生卵が二つ。お味噌汁。そして小さなフランスパンが二つ。それがその日の僕の朝食になった。僕が何を食べるのかを勝手に決めるのはまだいいけれども、はたしてこの組み合わせはどうなのかと思う。

あのおばあさんは、いったいどういう立場の人なのだろうと考えながら、何とも不思議な朝食をいただいていると、客の列をすべて捌《さば》き終わったおばあさんが、皺《しわ》だらけの顔をクシャクシャの笑顔にして僕の前に現れた。コーヒーカップを手に持っている。

お客さんはハイカラだからコーヒーを飲まなきゃね。そうですね、ありがとうございます。

「砂糖は二つね」おばあさんが言った。

「あ、できれば砂糖は無しで」

「砂糖は二つ入れなきゃ。もう入れたから大丈夫ね」おばあさんはあっさり言う。

このおばあさん、僕には何でも二つにしたいらしい。

ゆっくりと食事を終えた僕は、甘ったるいコーヒーを飲み、空になった皿の載ったプレートを手にカウンターへ近づいた。使用済み食器の返却口はカウンターの端にある。

朝食時間がそろそろ終わりかけているということもあって、バイキングにはもう誰も並んでいなかった。おばあさんは自分の椅子に座ったまま食堂を見渡し、みんなが食事をしているのをのんびりと眺めている。ときどき何かを思い出したようにハッと入り口を見ては、再び視線を食堂へ戻していた。

「ごちそうさまでした。朝食は、うどんのバイキングだって聞いていたんですけれど、今日はうどんじゃなかったんですね」僕はプレートを返すついでにおばあさんに尋ねた。

おばあさんの顔がパッと明るくなる。

「うどんあるよ。すぐ持ってくるね。お客さん、うどん二杯食べるね」おばあさんは大きくうなずき、すぐに椅子から降りようとした。

「そうそう、うどん食べなきゃね」おばあさんはとても嬉しそうだった。

けれども僕はたった今、朝食を食べ終えたばかりなのだ。このままだとさらに朝からうどんを二杯も食べることになってしまう。おばあさん、さすがにそれは無理だ無理です。

「あ、聞いただけなので」

「え、うどん二杯食べないのね」おばあさんは僕を見上げるようにして悲し気な顔を見せた。

「食べないんだねえ」

僕はなんだか胸が痛むような感覚を覚えた。いったいどういう理由で彼女がここにいるのかも、なぜ客の食べるものを勝手に決めているのかもわからないけれど、とにかくおばあさんはこれを楽しんでいたのだ。もしかすると僕はおばあさんの楽しみを奪ってしまったのかもしれない。悪いことをした。余計なことを聞いたせいで、おばあさんを悲しませてしまった。

おばあさんは僕をじっと見てから、くいっと首を曲げた。

「じゃあ、うどん一杯だね」そう言った。

「いや、結構です」

ようやく僕はおばあさんのバイキングを断ったのだった。

やあ、全国の織姫さん彦星さん、
こんばんは。
ミルキーウェイでのランデヴー、
楽しんでるかい？

それじゃ今日の１曲目いってみよう。
ヘルマン・プライで「明日はお別れ」

初めてのコックピット

なんとなく奥歯に違和感があるなと気づいたのは春先のことで、そっと指で触れると、歯茎の周囲の肉が盛り上がってビロビロしているし、さらにその下には何やら固いものがある。

「これが親知らずなのかもしれない」大人になってから歯が生えるのはとても不思議な感じで、僕はちょっと興奮していた。

数日後、その固いものがついに肉の間から白い姿を現した。予想どおり、それは歯だった。まちがいなく親知らずだ。

ところが、あろうことかその歯は横向きに生え、隣の歯にぶつかり始めたのだ。向きを変えればまっすぐになるかもしれないと、毎日指で少しずつひねってみるのだが、成長に関しては本体である僕の意志よりも歯の意向が優先されるようで、結局その歯は横向きに生え続けることを選んだようだった。

数週間が経つと、しだいに痛みが強くなり、日常的にも気になり出した。さらに日が進むと、ものごとを集中して考えることさえできない状態になった。もしかすると歯科へ行かなければならないのだろうか。

実は、幼いころに一度掛かったきり、僕は歯科へ行ったことがなかった。だから僕が頭に描く歯科医のイメージは、小説や映画や人づてに聞いた話でつくられている。緑色のマスクと帽子を身につけ、奇声を発しながらドリルやペンチを持って迫って来る、あのイメージだ。どう考えても恐怖しかないが、だからといって、このまま歯を放っておくわけにもいかない。

「大丈夫だから行ってごらん」「そんなに痛むのなら早く行くべきだ」「怖くないから」「痛くないから」何人もの歯科経験者からそう言われた僕は、知人に紹介してもらい、ついに歯科の門をくぐることにしたのだった。

小さなビルの二階にあるその歯科の待合室は、シンプルな調度品が丁寧に置かれていて、まるで雑誌で見るリビングのようなおしゃれな雰囲気を漂わせていた。だが、僕にしてみれば、そのあとに待っている恐ろしい行為をごまかすために「ほら、居心地のいい空間でしょ。歯科は快適な場所なのですよ」ということを無理やり強調しているとしか思えない。待合室が快適であればあるほど、騙されているのではないかという不安がよりいっそう高まるのだ。

ついに名前が呼ばれ、診察室に入った。明るく清潔感にあふれた室内には、小さな事務机と丸椅子が置かれていた。机の上にはレントゲン写真を映すためのモニター、その隣には器具の載ったステンレスの台車とスチール製の薬品棚が並んでいる。どれも町の内科などで見たことのあるものばかりだ。ただ一つ大きく異なっているのが、部屋の中央に置かれた巨大な椅子だった。コードやランプや見たことのない器具が複雑に取りつけられた灰色のそれは、椅子というよりも、まるで宇宙船のコックピットのような不思議で圧倒的な存在感を放っていた。

「あれに座ったら終わりだ。ドリルやペンチで口の中をいじられるのだ。できればあそこには座りたくない」僕はそう思った。

歯科医はスチール棚の前に立って、書類を片づけているところだった。想像していたよりもずっと若いし、白衣が短く感じられるほどすらりと背が高くて、他人をペンチで痛めつけるような人には見えなかった。だが騙されてはいけない。どれだけ人がよさそうに見えても、彼は歯科医なのだ。

書類を片づけ終わった先生は、受付のほうへ進みながら僕に声を掛けた。

「それじゃあ、座っていてください」

僕は机の前にある小さな丸い椅子に腰を下ろした。机からは病院でよく感じる、あの独特のアルコールの匂いが漂っている。

受付で書類を受け取ってきた先生は、僕を見て驚いたような声を出した。

「いやいや、あなた。どうしてそこに座っているんですか。そこじゃないですよ。それはボクの椅子です」

「え？」

「ほら、そちらの診察台に座って」先生はコックピットを指さした。

「あれですか？」

まさかいきなりコックピットに座るとは思いも寄らなかった。内科でも外科でも、診察といえばまずは問診だ。いろいろと症状について話したあと、それでは詳しく診ましょうと言われ、ようやくベッドに横たわる。同じように歯科でもまずは問診からだと思っていたのだが、どうやら違うようだった。うろたえながらコックピットに座ると、座面の高さや背もたれの角度が調整され始める。美容院などにある椅子とはまるで違う複雑で高度な動き。そして、目の前には眩しいライト。これが歯科なのか。

言われるまま大きく開けた僕の口を覗き込み、金属の針で奥歯を軽く引っ掻いたあと、先生は宣言した。

「親知らずだね。これは抜いちゃったほうがいいですね」

「抜くのですか」

「うん、抜いたほうがいいね」

「わかりました。抜いてください」そのほうがいいと専門家が言うのなら従うまでだ。

そう答えながらも僕は、やっぱりペンチを使うのだろうかと内心では怯えていた。

「隣の歯に食い込んでしまっているから、まずは少し削らないとダメだね」

「はい」削るとはなんだ。

「ドリルで削ってから抜きましょう。はい、じゃあ麻酔します。チクッとしますよ」

ドリルに麻酔。次々に登場する新しいアイテムに僕が心の準備をする間もなく、奥歯の根元に針が刺された。痛いというより、きつく締めつけられるような、何かがギュッと強く押しつけられるような、そんな感覚だった。

「はい、削ります。大きく口を開けて」

待ったなしだ。掃除機が詰まってしまったときに出るようなキーンという高い音が室内に響き渡り、僕の耳を衝いた。ドリルか。これがドリルなのか。

僕の知っているドリルは、大工道具に使う電動工具か工事現場で見かける重機だけだ。せっかくなら歯を削るドリルを見てみたい。僕は、自分の口に近づいてくる太いペンのような金属の棒を見ようと目を凝らした。つい、先生と目が合う。

「あのう、目を瞑《つむ》ってもらえませんか。やりにくいんです」

「あ、ふひあへん」

目を閉じると、先生はドリルを僕の口の中に入れて歯を削り始めた。砂糖菓子を噛んだときのような、何かが擦れる感じが気持ち悪かった。ドリルに共鳴した奥歯が高音を放ち、その音が頭のてっぺんにまでビリビリと響く。目を閉じていたので、どういう仕組みなのかはわからないままだったが、先生はドリルを使いながら同時に水を流していたようで、口の中が水分だらけになる。

頭に響く感じは気持ち悪いものの、思っていたほど痛くはないんだなと思い始めた瞬間、ゴボゴボッという妙な音とともに口の中が何かに激しく吸われ、僕は思わず目を開けた。

口の中を吸っていたのは、小さな掃除機のような道具だった。舌先に触れると、それは苦いような苦くないような、子供のころ、つい口の中に入れてしまった消しゴムのような味がした。

掃除機の先端に向かって強い風が歯の間を通り抜けていくと、摩擦のせいか、歯の根元辺りに熱を感じた。

「はい、うがいして」

「ふあい？」

「ほら、その水で」

先生が指さしたところを見て、僕は驚いた。なんとコックピットのひじ掛けに、自動的に水の入った紙コップが置かれているのだ。いつの間にコップが置かれたのか、いつの間に水が入ったのか、まったく気づかなかった。ここでは何もかもが自動的に行われる。

ガラガラガラガラ。僕はコップを手に取り、うがいを始めた。

「ちょっと、何やってるんですか。口をゆすぐだけでいいんですよ」

「ふひほふふふはへぇ？」

うがいをしろと言われたからうがいをしたのに、まさか怒られるとは思わなかった。どうやら歯科では口をゆすぐことをうがいと言うらしい。だったら専門用語など使わず、最初からそう言って欲しい。

「それじゃ抜きますよ。はい大きくアーンして」

口をゆすぎ終わった僕に近づきながら先生が言う。ペンチは使わないのだろうか。僕がそう考えるのと同時に、いきなり先生の指が口の中へ入って来た。

「僕は歯科医じゃなくて口腔外科医なんですよ。だから指だけで歯を抜ける、指だけで」

歯科と口腔外科の違いがよくわからない僕は、先生の指が口の中をしばらく掻き回している間、どうして口腔外科医なら指だけで抜けるのだろうかと考えていた。

「ほら、指だけで抜け、うーん、むうーん」先生が唸《うな》った。

「ふう、ちょっとダメだな」

「ダメですか」ダメなのか。何がダメかはわからないが、とにかくダメらしい。

「これは根っこの強い歯だね」

「じゃあ、やっぱりペンチですか？」

「いえいえ、カンシです」

先生は焦げ茶色をした金属製の道具を手にした。それは、ふだん僕がペンチと呼んでいるものだった。先生、それがペンチってやつです。そりゃあ医学用語ではカンシなのかもしれないが、ペンチはペンチです。

大きく口を開けて目を閉じると、ペンチが僕の奥歯を引っ張り始めた。メリメリと音が聞こえ、あごの骨が割れるような感覚がしたあと、何かが焦げるような匂いを鼻の奥に感じた。

あれ。ぜんぜん痛くなかったけれど、もう抜けたのか。終わったのか。

薄く目を開けようとした瞬間、再び奥歯が引っ張られ始めた。うわ。まだだった。今度は奥歯が前後左右に強く揺さぶられ、そのたびに僕の頭はぐらぐらと揺れた。しばらくそうやって頭を揺さぶられたあと、僕の耳に先生の衝撃的な声が飛び込んで来た。

「こりゃダメだ。おーい、ちょっとこっち来て頭を押さえてちょうだい。叩くから」

叩く。叩くとはなんだ。驚いて目を開けた僕に先生が言う。

「ぜんぜん抜けないから、ハンマーで叩きます」

「ハンマー?」

ペンチにハンマー。もはやフルコースじゃないか。

「歯をね、反対方向にコツコツと叩くんです。釘を抜くみたいな感じですよ」

もう先生の言っている言葉の意味がわからない。

助手の手で上からしっかり頭を押さえつけられ、奥歯にあてられた金属製の器具がハンマーで叩かれ始めると、僕の頭には、内側から揺さぶられるような不思議な衝撃が走った。それはコツコツというようなものではなく、頭の中でマーチングバンドが太鼓を叩いているような、激しいものだった。

目を閉じたままずっと口を開け、頭の中の太鼓を聞いているうちに、僕はだんだん気持ちがよくなっていた。なんだか眠気さえ感じる。

起きているとも眠っているともわからない不思議な気持ちよさの中で、もうこのままずっと叩かれているのも悪くないんじゃないかという意味不明なことを考え始める。

「はい」先生の声でいきなり意識が戻った。

ずっと肩に入れていた力を急に抜いたときのように、筋肉がふわりと緩んで、口の中が少し広がった気がした。

「やった。やっと終わったよ！」

先生は僕が言うはずのセリフを大声で口にした。ぼうっとしていたので、どれほどの時間が掛かったのかはよく覚えていないのだけれども、開きっ放しだった僕の口の中はかなり乾いていた。夢心地のまま先生に尋ねる。

「抜けました？」

「なんとか抜けましたよ。いやあ、大変でした」

「僕だって大変でしたよ」頭を押さえられ、ハンマーで歯を叩かれたのは僕なのだ。

「今晩は少し熱が出るかもしれませんね」

歯科に来る前から、歯を抜くと熱が出るよと聞かされていた僕は、その意味をようやく理解した。歯も骨なのだ。歯を抜くというのは、きっと骨折するのと同じことなのだ。

ともかく問題の歯は抜けた。これですべてが終わったのだ。ドリルに掃除機、ハンマー、そしてコックピットといった不思議なアイテムたち。丸椅子に座ったことも、うがいをしたことも、いつかきっといい思い出になるだろう。それほど悪くないぞ、歯科。どうしてみんながあんなに嫌がるのかが、よくわからない。

たぶん、もう来ることはないけれど、先生ありがとう。そんなことを考えている僕に向かって先生は優しく話し掛けたのだった。

「ああ。反対側にも親知らずが生え始めていますね、横向きに」

幻の店

携帯電話の画面が割れたのはひと月ほど前のことで、さっさと修理に出せばよいものを、あれこれ用事が立て込んでグズグズしているうちに、割れたガラスはポロポロと剥《は》がれ出し、いよいよ中の電子基板が剥《む》き出しになって、いくら画面を押しても反応しない部分まで出てきた。こうなると、もはやどうしようもない。修理ではなく丸ごと交換するしかなさそうだった。

僕はこのメーカーの公式販売店に壊れた製品を持ち込めば、無償で新しいものに交換してもらえるというありがたいサービスに入っている。そこで、まもなく行くことの決まっていたタイの首都、バンコクの公式販売店で交換してもらおうと考えたのだった。

どうして銀座や表参道にある販売店ではなく、バンコクなのか。

携帯電話のカメラで写真を撮ろうとするとカシャとシャッター音が鳴るけれども、この音が鳴るのは日本の携帯電話だけで、海外で売られているものはシャッター音を消すことができるのだ。テレビ番組の撮影中に写真を撮るなど、シャッター音が鳴ると困るという状況が僕にはよくある。だからわざわざ海外の販売店で携帯電話を購入しているのに、日本で新品に交換してもらうと、同じ機種なのになぜか音の鳴るものに換えられてしまうのだ。

そこで、バンコクの公式販売店へ行くことにしたわけです。

地元の知人に販売店の場所を教えてもらい、どうにか最寄り駅まではたどり着いたものの、メモを取っていなかったので、そこから先がさっぱりわからない。もっとも、ちゃんとメモを取っていたとしても、たぶん僕は迷っていたと思う。なにせ自宅に帰る曲がり角がしょっちゅうわからなくなるくらいなのだ。帰巣本能ゼロ。もし僕が伝書鳩だとしたら誰も手紙を託してはくれないだろう。

けれども、そのぶん僕は迷子に慣れている。迷ってもいちいち慌てたりはしない。知らない国、知らない場所。そういうときは周りにいる人に聞くのが一番早い。まったく他人に道を聞かず、一人地図を眺めてああでもないこうでもないとやる人もいるが、地図なんてものは自分の向かう方向に上下左右をくるくる回してやらなければ何がどうなっているのかさっぱりわからないし、くるくる回せば、ますますわからなくなるのだから、見るだけ無駄なのだ。

「ああ、あそこの四階にあるよ。すぐだよ」駅前でぼんやり立っている若者に販売店の場所を尋ねると、彼はすぐ目の前にある大きなショッピングモールを指さし、やけに嬉しそうな顔で大きくうなずいた。

なんと目の前にあったのか。これなら迷子になることなく目的地に着けそうだ。

ところが、エスカレーターで四階まで上がっても携帯電話メーカーの公式販売店は見当たらなかった。フロアの端から端まで何度も往復するのだが、どうしても見つけることができない。困り果ててその場にいる店員に聞くと、にっこり笑ってそれは三階だよと教えてくれた。どうやらさっきの若者は階をまちがったらしい。あるいは僕が聞きまちがえたのか。どちらもよくありそうなことだし、ここまで来ればたいした問題じゃない。僕はすぐに階段で三階へ降りた。ところが三階でも販売店は見つからない。

いったいどういうことなのか。困ったまま三階のフロアをウロウロしていると、三人組のおばさんがベンチに腰を下ろして何やら話し込んでいるところに出くわした。僕はにっこり笑いながらおばさんたちに挨拶をして、携帯電話の裏に描かれているロゴマークを見せる。

「この店に行きたいのです」

「ああ、それ。知ってるわよ」三人は顔を見合わせて嬉しそうにうなずいた。

「それは隣のビルの四階ね」

「そうそう。向こうのエレベーターを使うと便利よ」そう言ってキャッキャと笑う。

どうやらビルが違っていたらしい。だとしたら、この建物の四階だの三階だのと教えてくれた、さっきまでの彼らは何だったのかと言いたいところだが、これがタイなのだ。

タイの人たちは細かいことにこだわらないし、ルールもあってないようなところがある。飲食店で注文すれば、必ずと言っていいほど頼んだ品とは違うものが出て来るし、途中で何かを追加しても、忘れてしまうから届かない。しかたなく別の店員に注文すると、その人も忘れてしまうから、やっぱり届かない。もう来ないだろうと会計を済ましたら、急に二人ともが思い出して、追加した品が二つ同時にやって来る。それで平気なのだ。

街の信号がいつまで経っても変わらないのは、必要もないのに手動で操作したがる警察官が、切り替えるのをうっかり忘れるからだというし、工事人が電線を張り替えている最中に食事へ行ったあと、その電線のことを忘れて次の電線の張り替えを始めるものだから、途中で切れた電線が雨の日に感電事故を引き起こすこともあるという。それでも平気なのだ。

大丈夫、問題ない、平気だよ。そんなときに使われるのがマイペンライ。タイにいればしょっちゅう耳にする言葉だ。最終的によければそれでよし。自分と相手がちょっぴり幸せであればそれでいい。どうやらそれがタイなのだ。微笑みの国の微笑みは、相手をもてなす歓迎の微笑みであるのと同時に、しかたがないよねとすべてを受け入れる寛容の微笑みでもあるのだ。

さて、ついに到着した隣のビルの四階。やっと携帯電話を交換してもらえるかと思いきや、そこでも販売店は見つからない。もう残り時間はあまりないのだけれど、なぜか意地のようなものが出てきて、こうなると何が何でも公式販売店を見つけたくなってくる。

目の前の飲食店に飛び込んで携帯電話を見せつつ、私は壊れた携帯電話を持っている、私は携帯電話の修理がしたい、私は携帯電話の販売店を探している、と片言で訴えると、店員はニコニコしながら、だったら一階で聞けばいいじゃないかと言う。確かにショッピングモールの一階には案内コーナーがある。なぜ僕はそこに気づかなかったのか。

急いで一階に降りると、受付のお姉さんがとても流暢な英語で、販売店はここではなく隣のビルの四階よと教えてくれた。やっぱり最初のビルなのか。最初の四階なのか。尋ねるたびに違う話が出てくるから狐につままれたような気分になる。みんな一生懸命なのに、誰もがあんなに親切に教えてくれるのに、どうやっても僕は販売店にたどり着くことができない。みんな幻の店で携帯電話を買っているんじゃないのか。

僕が隣の四階にはもう行ったのだと告げると、お姉さんは、あなたは販売店に行きたいのではなく携帯電話の画面を修理したいのでしょうと聞く。確かにそのとおりだ。鋭い指摘ですね。僕が大いに同意すると、お姉さんはこの建物の二階に専門の修理店があるから、そこへ行くのがベストよと言う。交換できなくてもいいじゃない。画面が直ればそれでいいんでしょ。お姉さんの言うことはもっともだ。マイペンライ。確かにそれで問題ない。

僕はお姉さんに勧められるまま、二階の修理店に向かった。

案内係らしき若者が近づいてきたので、画面の割れた携帯電話を見せると若者は大げさに肩をすくめた。酷く割れているね。そうなんだよ、とても困っているんだ。公式販売店がどこにあるのか教えてもらえないかな。

もちろんここで修理をしてもいいのだけれども、販売店にさえ持って行ければ無償で交換してもらえるのだ。できることなら販売店に持って行きたいし、ここまで探し回ったからには、せめて販売店を訪ねるだけ訪ねてもいいだろうと思ったのだ。

若者は笑顔で整理番号の表示されているパネルを指さした。ああなるほど、この店で順番を待てということか。販売店を教えてはくれないのか。

順番が来たので店の奥へ進むと、いかにも機械に強そうなメガネの男性が迎えてくれた。

僕がカウンターの上に携帯電話を置くと、男性は粉々になっている画面をじっと見つめてから、これはうちでは修理できないねと悲しそうに首を振った。でもそれじゃ僕は困るのだ。だったらこのメーカーの公式販売店がどこにあるのかを教えてよ。そこに行くことさえできれば、無償で交換してもらえるのだから。

男性は驚いたような顔で僕を見たあと、ニッコリ笑いながら言った。

「タイにこのメーカーの公式販売店はないよ」

おいおい、ちょっと待ってくれ。それじゃあ、あれほどまでにみんなが教えてくれようとしていた店はなんだったのだ。いったい何の店に僕を連れて行こうとしていたんだ。僕の頭がクラクラしたのは、けっして暑さのせいではなかったはずだ。

マイペンライ。僕は画面の割れた携帯電話をポケットに入れたまま、まだその店にたどり着けずにいる。それなのに、なぜかもうこのままでいいような気になっているから不思議だ。

コカコーラの雄と雌をいっしょにするとすごく泡が出ます。同じコカコーラでも、雄どうしや雌どうしだとここまで泡は出ないので、やはり求愛の力は強いのだなと思いました。ちなみにペプシコーラとコカコーラの雄雌をいっしょにすると、なぜか泡が完全に消えますが、その理由はまだ解明されていません。

ほんの少しバカ

東京から電車で二時間半。そのあと地元のバスに乗り換えて三十分ほど揺られるとようやくその高原に到着する。冷房の効いたバスから降りても暑さを感じないどころか、なんとなく肌寒くて、僕は捲《まく》っていたパーカーの袖を伸ばした。同じバスに乗っていた数人の若者たちはTシャツに短パン姿だったから、僕よりもっと寒く感じていたのだろうけれども、なぜか彼らはニット帽を被っていて、妙にちぐはぐな印象を受けた。

九〇年代の半ば、僕はレコード会社で企画モノのCDを大量に制作していた。企画モノというのは、言ってみれば一部のマニアに向けた特殊な商品で、一般の人の耳に届くことはほとんどない。現代音楽やサウンドトラックならまだ音楽性があるのだけれども、効果音をまとめたものや、タレントのトークをそのままCDに収録したようなものになると、これはもう音楽の仕事をしていますとは言い難くなる。流行に関係なく、これまでなかった新しい音楽や面白いアイデアを試すこともできるから嫌いではなかったし、たぶん僕はそれが得意だったのだけれども、本音を言えば、やっぱり売れているアーティストを担当している人や、これから新人を売り出す準備をしている人たちが羨ましかった。流行を生みたいとまでは言わないにしても、僕はこれをやっているんだと人に自慢できるようなことをしてみたかった。

とはいえ、雇われの身である以上、自分のやりたいことばかりできるはずもないし、何よりも新たなアーティストを見つけて育てるような能力を持ち合わせていないことを、僕は自分でよくわかっていた。アーティストを育てるなんてどうせ無理に決まっているのだ。目の前のアイデアを企画モノとして形にするので精一杯。どれほどやりたくても僕にはできっこない。

そのレコード会社で、新たにダンスミュージックを専門に扱うレーベルを立ち上げることになった。ちょうどそのころ僕は、クラブDJたちを大量に起用した企画モノのCDをどんどんつくっていて、ダンスミュージックそのものにはあまり興味がなかったものの、多くのDJたちとつき合いがあるからというだけの理由で、そのレーベルに加わることになっていた。

僕が高原に向かったのは、そのレーベル立ち上げの音楽イベントがここで開催されることになっていたからで、内外から呼び集められたDJたちが夜通し音楽を流すという、今で言えばたぶんフェスだのレイブパーティだのというタイプのイベントが予定されていた。

まだ正式にレーベルに参加しているわけではないので、特に僕がやらなきゃならない仕事はないし、別に行かなくてもよかったのだが「せっかくだから、来られるのなら見ておけよ。遊びに来る気分でいいからさ」と先輩に言われたので、内心では面倒くさいと思いつつ、僕は電車に乗り込んだのだった。直接の担当じゃないのに、わざわざイベントに来たことを先輩にアピールしたいという、いやらしい気持ちもまちがいなくあった。

高原の中ほどにあるおしゃれなペンション風の建物は関係者の控え室になっていて、僕が顔を出すと、大きなテーブルで何人かのスタッフと談笑していた先輩が「おお、来たか」と自慢げな顔を見せた。「どうだ、すごい規模だろ」

先輩の言葉に、周りのスタッフたちが曖昧な笑顔でうなずく。

「紹介するよ」と先輩は言って、すぐ隣に座っていた男性に顔を向けた。

「こちらがイベントの企画をしてくれたオーガナイザーさんだ」

「キミの話はよく聞いてるよお」男性はねっとりと語尾を伸ばすような話し方をした。音楽業界の人の年齢はどうもわかりにくいのだけれども、おそらく五十前後だろう。仮に伊藤さんと呼んでおく。

「僕の話をですか？」

「そうだよ。いま東京中のＤＪが君の仕事しているそうじゃないのお。いろんなところで話題になってるよお」

もちろんお世辞だとわかっているが、そう言われると気分は悪くなかった。いや、それどころか、体が浮くような感覚だった。自分のやっていることを知っている人がいる。誰も知らないような企画モノしかつくっていないのに、ちゃんと僕に気づいてくれている人がいるのだ。

「あいつらとはオレもよく仕事しているからねえ。みんな君の話をしてるよお」

ギョロリとした目を激しく動かす伊藤さんは、いかにもプロデューサーといった雰囲気の赤い革ジャケットを着ていた。確かに僕はかなりの数のＤＪと仕事をしていたけれど、伊藤さんのことは誰からも聞いたことがなかった。あきらかに胡散くさかった。それなのに、自分の仕事を知ってくれているというだけで、いい人に見えてくるから不思議だ。

「伊藤さんは立ち上げが専門なんだよ」先輩が言う。

「事業が立ち上がって、上手く回り始めると飽きちゃうんだよねえ。だからずっと立ち上げばかりやってるんだよ」

その感覚はなんとなく僕にもわかった。これまで無かったモノを新しくつくり出す作業はたいへんで、そして、だからこそ面白いのだ。

聞けば、今回新たなレーベルを立ち上げることも、このイベントもすべて伊藤さんの発案なのだという。

「これからはダンスだよお。ほら、ダンスダンスダンスとかいう本だって、ずいぶん売れたらしいじゃないの」十年近くも前にヒットした本の話をする理由はさっぱりわからなかったけれども、伊藤さんの話し方には妙な説得力があって、なんとなくこれからダンスミュージックが流行るのだなという気にさせられたし、実際、九〇年代に入ってからは、ダンスミュージックの要素を取り込んだポップスが次々にヒットしていた。自信たっぷりに話す伊藤さんに周りのスタッフがうなずく。今度は曖昧な笑顔などではなく、みんな真剣な表情だった。


陽が傾いて山の向こう側に隠れ始めると、どことなくうっすら霧の漂い始めた高原のあちらこちらに建てられた巨大なテントの中から、リハーサルの音が漏れ聞こえてきた。

高原の入り口でバスが止まるたびに、パラパラと数人の若者が降り、ぼんやりとした顔つきのまま、テントへ向かって歩き出す。みんな薄着だからなのか、どことなく寒そうに腕を組んで背を丸めていた。

やがてゆっくりと夜が更けて、イベントが始まった。大小のテントに人が出入りするたび、チラチラと照明の明かりが漏れ、人影が草の上に長く伸びた。

結論から言うと、イベントは失敗だった。正確に言えば、とんでもない大失敗に終わった。事前の宣伝が行き届かなかったのか、時期や場所が悪かったのか、会場には予想した客の半分も集まらず、しかも立ちこめた霧の湿気で電源車が漏電を起こして、何時間も停電が続いた。真っ暗なテントの中でひたすら待たされ続けた客は怒り、苦情が殺到した。それは本当に酷い有り様で、先輩は明らかに怒っているのに、伊藤さんは「いやあ、イベントってのは本当に予測がつかないねえ。ピンチだねえ」なんてことを言ってニコニコしている。いったいこの人は何があっても平気なのだろうかと僕は驚いていた。

「だめです、どうやっても電源が復旧しません」技術スタッフが悲鳴を上げた。

「しかたがないなあ。じゃあ、追加の電源車に来てもらってよお」

電源車を追加するなんて聞いたことがなかったし、どれほどの費用が発生するかも僕には見当がつかなかった。

「今から頼んでも空いている車があるかどうかわかりませんし、あったとしても到着するのは明け方になっちゃいますよ」

「お客はなんとかするからさあ。とりあえず頼んでよお」

そう言って伊藤さんはメガホンを持ち、一番大きなテントに向かった。こういう場合、お客さんにどう説明するのかを知りたくて僕も伊藤さんに続いた。

テントの中では二百人ほどの若者が地面に座り込んでいた。暗くて表情はよくわからなかったけれども、みんな待ちくたびれた疲れと、予想外の寒さにぐったりしているようだった。ところどころで小さな明かりが点っていた。

伊藤さんはテントの奥まで進み、仮設のステージに上がった。

「アー、アー」キンというノイズとともにメガホンから伊藤さんの声が流れると、それまでざわついていたテントの中が静まり返った。

金属パイプを組んでつくられたステージには巨大なスピーカーやターンテーブル、音響用のミキサーや照明機材が積み上げられている。これだけ大がかりな機材も電気がなければまるで何の役にも立たないのだから、僕たちは本当に電気に依存して生きているのだな、なんて関係ないことを僕はぼんやりと考える。

「みんな、ノッてるかーい？」いきなり伊藤さんはそう言った。真っ暗なテントの中で、誰もがぐったりと地面に座り込んでいる状況で、伊藤さんはそう言った。さすがに僕も呆気にとられた。どう考えてもノッてるわけがないじゃないか。

「ふざけんなよ！」当然のように怒号が飛んだ。

「金返せバカ！」テントの中が罵声で一杯になる。このまま暴動が起きるんじゃないかと思ったほどだった。

ステージの上で伊藤さんはゆっくりと肩をすくめてニコリと笑ったあと、いきなり走り出した。転がるようにステージから駆け下りるとそのままテントの外へ逃げて行く。慌てて僕たちもあとを追った。

「いやいや、若い人は気が短いねえ」控え室に戻った伊藤さんはそう言った。

「危ない危ない」

自分で煽っておいて、危ないも何もないのだが、伊藤さんはまったく気にもしていなかった。


イベントが終わって半月ほど経ったころ、伊藤さんがレコード会社に現れた。

会社と伊藤さんがどういう契約になっていたのか、ぺーぺーだった僕は詳しく知らないが、どうやら利益が出たときには伊藤さんの取り分を多くする代わりに、万が一にも赤字になったら、伊藤さんがその赤字をすべて引き受けるという、かなり無茶な約束になっていたらしい。

大規模なイベントだけに赤字の金額は軽く一千万円を超えていた。伊藤さんは、今後、赤字分をどのように返済するかを説明しに来たのだという。

小さな会議室のテーブルには先輩をはじめとする新レーベルの担当者だけでなく、経理を担当する役員も座って、伊藤さんを冷ややかな目で見ていた。

資金繰りの目処が立ったのか、伊藤さんはニコニコしている。

「で、どうやって返済されるおつもりですか？」経理担当の役員が堅い口調で聞いた。

「まあ、まずはこれを見てくださいよお」

伊藤さんは古い革張りのアタッシェを開き、一枚の紙を取り出した。

「これ、どうですかあ。ほらあ、次のイベントの企画ですよお。これがドッカーンと当たれば、赤字分なんてババーンッと吹っ飛んじゃいますからねえ。ほら、ほらね」伊藤さんはそう言って両手を高く上げ、バンザイをした。

全員が不穏な表情で互いにそっと顔を見合わせる。どうやら伊藤さんが何を言っているのかが理解できていないようだった。

「ねえ。攻めなきゃねえ。エンタメですからねえ。ドーンと来たらバーンですからねえ」

伊藤さんはみんなを見回しながら、自信たっぷりに何度もうなずく。まるでそれに釣られたかのように、何人かが不審な顔をしたままうなずいた。今日も伊藤さんは赤い革のジャケットを着ていたのだけれども、それが安っぽい合皮製だということに僕は気づいていた。

「あなたバカですか！」不意にそう叫んだ役員の顔が真っ赤になっていくのがわかった。先輩は口を開けたまま白くなっている。レーベル担当の一人は静かに腕を組み、目の前の机の上に視線を落とした。会議室の中に困惑が充満する。

それでも伊藤さんはそんなことはまったく気にならない様子でイベントの説明を始めた。

「でもほら、やっぱりダンスですからあ。ダンスダンスダンスだって売れてますからねえ」

新しいイベントどころか、レーベルの立ち上げそのものが怪しくなっているというのに、伊藤さんは嬉しそうに話を続けている。

もう誰も何も言わず、呆れた顔をして、ただ伊藤さんの話を聞いていた。

これほど大きな失敗をしているのにまったく反省の色を見せることもなく、平気な顔をして次へ進もうとする伊藤さんを、僕はバカだと思ったし、同時に羨ましくも思った。やりたいことがあるくせに、自分には無理だと言いわけばかりをしていることが恥ずかしかった。本当にやりたいことへの一歩を踏み出すときには、こんなふうに少しだけバカになる必要があるのかもしれない。伊藤さんを見ながら僕はそんなことを考えていた。

ひきわり納豆

深夜にどうも小腹が空いてしまい、何かないだろうかと冷蔵庫を覗くと三個パックの納豆があった。白いスチロール製の蓋を開けると薄いシートの下にはタレとカラシの小袋があり、その下に納豆の大きな粒が見えている。どこのスーパーにでも売っている普通の納豆だ。キッチンに立ったまま吸い込むように納豆を食べると、空腹は少し収まった。

それほど納豆にこだわりがあるわけではないが、いつだったか北海道を旅したときに食べた黒豆の納豆があまりにも美味《うま》くて、東京に戻ってからずいぶんと探したことがある。今のところ僕の知る限りでは、自宅から車で三十分ほど離れたところにあるスーパーにしか置いていなくて、たまに買いに行く。

大型スーパーの一角にある納豆コーナーには驚くほどたくさんの種類の納豆が並べられて、人によって納豆の好みはずいぶん違うだろうが、よくも細かく対応しているものだと感心する。

数ある納豆の中で僕が初めて食べたのはひきわり納豆で、それにはちょっとした理由がある。

小学四年生のときの話だ。夕飯の買い物にくっついてスーパーの中をぼんやりと歩いていた僕に、母が何か欲しいものはあるかと尋ねた。

「じゃあ、あれ」

「えええ、あれ？」僕の指さした先に目をやった母は驚いた様子を見せ、それからあからさまに嫌そうな顔つきになった。

「あかん、あんな臭いもん」母はしかめ面で首を振った。

僕が指さしたのは冷蔵陳列台の一角で、そこには納豆のパックがほんの少しだけ並べられていた。関西には納豆がないだとか、関西人に納豆を近づけると逃げるだとか、関西人は納豆を食べると死ぬだとか、あれこれ言われるけれども、けっしてそんなことはなくて、関西にだって納豆は売っているし、食べる人だって少しはいる。とはいえ、やっぱり関西ではあまり納豆を食べない。少なくとも僕が子供のころは、周りに納豆を食べる人はほとんどいなかった。

「食べたいねん」僕は言った。確か池波正太郎だったと思う。ちょうど納豆について書かれた文章を読んだばかりの僕は、納豆に対して憧れに近い感覚を抱いていた。

「あかんあかん、あんなん臭いやんか」

「でも食べたいんや」母も譲らないが僕も譲らなかった。

ダメだと言われると却《かえ》って欲しくなる。いけないと言われると、無性にやりたくなってしまう。僕にはそういう一面がある。


高校に入学してラグビーを始めたのも、入学直後のオリエンテーションで教師の一人が言った言葉がきっかけだった。

「君たちは、何よりも勉強に力を入れて欲しい。部活をやるなとは言わないが、野球部やラグビー部のようなところには入らないように。ああいうところに入ると勉強が疎《おろそ》かになる」

それを聞いた僕は、それまでラグビーなど見たことも聞いたこともなかったのに、その日のうちにラグビー部を訪ね、そのまま入部を決めたのだった。もっとも先生の言ったことは正しくて、もちろん勉強はすぐに疎かになったし、そのあと卒業するまでずっと疎かなままだった。本当は美術部や吹奏楽部に入ろうと思っていたのに、ラグビー部はダメだと言われたことで、僕の高校生活は予想とはまるで違うものになった。

その逆に、応援されたり励まされたりするとやる気がなくなることもあるから、自分でも本当に厄介な性格だと思う。大人になってからはさすがにそういう傾向も薄れてきたし、応援や励ましはできるだけ素直に受け止めるよう心掛けているのに、あまりにも強く応援されると、一瞬、何もかも放り出したくなる。たぶん過度な期待に応えるのを面倒くさく感じるのだろう。そもそも誰かの期待に応えることが僕は嫌いじゃないのだけれども、誰のどんな期待に応えるのかは自分自身で決めたいのだ。一方的に掛けられる期待は、僕にとっては重圧でしかないので、そういった場面からはつい逃げ出してしまうのだ。

僕は適度に褒めてもらうのが一番なのです。ここはぜひ強調しておきたいところです。

「だって欲しいものないって言うたやんか」

「ほんなら自分のお小遣いで買いなさい」根負けした母は、陳列台の前でそう言うと、その場を離れていった。

何か欲しいものはあるかと聞いていながら自分の小遣いで買えと言うのはおかしな話なのだが、僕はあまり深く考えもせず、ただ食べてみたいという一心で納豆の棚に手を伸ばした。

大粒、小粒、ひきわり。当時の関西のスーパーだと、せいぜいそれくらいしか選択肢はなかったのだが、それでもどれがいいのか僕にはさっぱりわからなかった。

池波正太郎が食べていたのはどれなのだろうか。大粒と書かれている納豆は藁《わら》で包まれていて、これぞ本格的な納豆という雰囲気を出していた。たぶん池波正太郎が食べるとしたらこれだろうなと僕は思った。けれども、いきなり本格的な納豆に手を出すことにはどこか躊躇《ためら》いがあった。あれだけ臭い臭いと言われているのだ。本当に臭くて食べられなかったらどうしよう。

僕はしばらく迷いに迷った挙句《あげく》「においひかえめ」とパッケージに書かれたひきわり納豆を手に取った。ひきわりの意味はわからなかった。

僕は買い物を続けている母に追いつき、そっとカゴに入れた。

「あんた、やっぱり買うんやね」と母は言った。

その日の夕食時、僕はドキドキしながらパックの白い蓋を剥《は》がした。焦げ茶色の豆は思っていたよりもずっと小粒だった上に、細かく刻まれて角張っていた。だからひきわりなのかと理解する。透明のシートを持ち上げると、つんと不思議な香りが辺りに漂った。真新しい竹のような香りだなと僕は思った。

「うわあ、臭いわあ」母が顔を背けるようにして言う。

「あんた、それ臭いからあっちで食べなさい」

母に言われ、僕は食卓から離れた部屋の隅で、独り納豆を見つめた。かき混ぜると糸が引くということは知っていたが、醤油を掛けてから混ぜればいいのか、混ぜてから醤油を掛ければいいのかがわからない。

きっと醤油を掛けてから混ぜたほうが味は染み込むだろう。僕はまず醤油を掛け、それからぐるぐると納豆をかき混ぜた。焦げ茶色だった納豆に白い糸が加わって薄茶色になっていく。

しばらく混ぜたあと、僕は納豆をご飯の上に乗せた。いったいどんな味がするのか。ご飯と一緒に口の中へ放りこむと、甘く香ばしい味がした。なんだかよく焼いた煎餅みたいな味だなと思った。鼻の奥に酸っぱい刺激臭が広がるが、それでも美味《うま》かった。

「美味《おい》しい。納豆、美味しいわ」食卓に向けてこれ見よがしに言ってみたが、母は嫌そうな顔をしただけだった。

その日から僕は納豆好きの少年になった。もっとも、藁に包まれた本格的な納豆に手を出すのも、カラシを入れるのも、それからまだずいぶん先の話になる。

夏目漱石『とっつぁん』

変圧器

夏が近づくと、ときどき僕は学校に行くふりをして海近くの高台へ行くようになった。

それまで夢中だったラグビー部を高校三年生の六月で辞めると、途端に暇でしかたがなくなっていた。辞めた理由はそれほどはっきりしたものではなく、やたらとケガをしていただとか、ある試合で一年生にポジションを取られたことがショックだっただとか、生徒会の仕事が忙しくなってチームメイトとの会話が減ってしまっていただとか、勉強はあいかわらずさっぱりできないままだとか、そういったいろいろなものごとが僕の中で複雑に絡まりあい、やがて膨れ上がって抑えられなくなった結果だった。

緊張しながら監督のいる体育指導室に入って「辞めます」と言うと、監督は「よしわかった」とうなずいた。「もう少し考えろ」だとか「なんとかがんばれないか」というようなことを言われると思っていた僕はずいぶんと拍子が抜けたし、ああ、やっぱりチームに僕は必要なかったのだなという思いが込み上げて来て、すぐに悔しさと寂しさが同時に僕の体をいっぱいに満たした。それでようやく僕は自分が辞めたくないのだということに気がついたのだった。たぶんこのときの悔しさと寂しさがあったから、僕は大人になってから再び社会人のチームに入ることになったのだろう。

もしもあの場で「すみません、やっぱり残ります」と言っていたらどうなっていただろう。一度辞めると言った選手を監督はどう思うか。チームメイトたちはどう思うか。それはさすがにお互い気まずいだろうなと思った。もう何もかもが遅かった。僕に選択肢はなかった。そうやって僕はラグビー部を辞め、ぶらぶらするようになった。

バイクを走らせてはその高台へ行き、ごろりと横になって何もしないまま、ただ海や空を見ていた。陽が当たるとジリジリと肌が焼け、半ズボンを履いた太腿の下で汗が水たまりになった。山から降りてくる湿った木の匂いがくすぐったかった。

瀬戸内海から立ち上った入道雲が青い空の中央に広がり、その横を通り過ぎて来る小さな雲が頭の上に差し掛かると、陽が遮られて陰ができた。それでも汗はひかなかった。

団塊ジュニアと呼ばれる僕の世代はとにかく人数が多いから、受験にしても就職にしても過剰な競争がつきまとっている。もちろん、そんなふうに教えられてきたわけじゃないが、子供のころから競争にさらされていると、全体としてそうした雰囲気が当たり前になるし、社会の仕組み自体も厳しい競争を前提としたものになっていた。

僕はそういう競争にはどうも上手く馴染めなかった。未来を妄信することができなかった。きっと周りのみんなも馴染めなかったのだろうけれど、それでも多くの人は、あえて今だけはしかたがないのだ、これが終わるまではと目を瞑《つむ》って走っているようだった。僕は逃げたかった。こんな競争からはさっさと降りて、もっと適当な道をのんびりと歩きたかった。

「いつまでもバカをやってないで早く大人になれよ」と同級生に言われたのは高校一年生のときで、彼にしてみれば、そうしないと生き残れないぞという親切心からのアドバイスだったのだろう。僕たちの目の前には厳しい競争が待っているのだ。いつまでもバカをやっているやつは見捨てていくほかない。でも、バカと大人は僕の中では対立するものではなかったし、僕はいつまでもバカをやっていたいと思っていた。だから学校では、自分ではあまりその実感はないまま、きっと浮いていたのだと思う。

電器店の息子だった高田さんは、学年で言えば二つ先輩で、大学へ進学するために二浪していた。同じ学年にはあまり友人がいないようで、よく僕と一緒に遊んでいた。

「なんでお前、高田さんと連《つる》んどんねん。あの人、オレらより上やんか」

学年が一つ上の先輩からはときどきそう言われた。自分たちを飛び越えて上の年代とつき合う後輩が気に入らなかったのかもしれない。学生時代には年の差が何かとても重要なもののように扱われるのだ。

高田さんも競争には馴染めないタイプの人で、どちらかといえば逃げよう逃げようとしていた。オレはいつか映画かドラマを撮るし、お前も撮ればいいと言って映画ばかり観ていた。僕は高田さんとは違って、自分には映画を撮る機会なんて来やしないとわかっていたから、高田さんのことは少々能天気過ぎると思っていた。

「お前は何になりたいんや」と高田さんは聞くが、僕に答えなどなかった。本を読むのが好きで、映画や音楽も好きだから、何かそういうことに関わることができればいいとは思っていたけれど、具体的にそれが何なのかはわからなかった。

だいたい僕には主体性がなかった。本にせよ映画にせよライブにせよ、見たもの聞いたもののすべてに影響されるのだ。そのときどきでやりたいことは変わった。そして、たぶんそのどれもが僕には無理なのだということにも薄々気づき始めていた。

「お前も映画撮りたいやろ」高田さんが何度もそう言うので、僕はそのたびにとりあえずうなずいていた。だから、それから二十数年たって、自分が短いドラマを撮ったときにはとても不思議な気がしたし、高田さんがこれを撮れたらよかったのになとも思った。人はどうなるかわからない。本当にわからない。

高田さんの家にはベータマックスのビデオデッキやレーザーディスクがあって、古い映画をよく一緒に観た。ときどきは新しい映画も観たものの、ほとんどは古い映画だった。電器店の三階はフロア全体が高田さんの部屋になっていて、ちょっとした一人暮らしの雰囲気があった。

高田さんは大人だった。文字どおり二十歳を過ぎた大人というだけでなく、のんびりした山の子供だった僕とは違って、街の子ならではの押しの強さと、どこか俗っぽい気配を纏《まと》っていた。そして、いつまでもバカをやっている大人だった。

豆をミルで挽き、サイフォンで沸かした湯で時間を掛けてコーヒーを淹《い》れた。ガード下の汚らしい焼き鳥屋で酔っ払い、ジャズバーでは慣れた様子でリクエストをした。商店街にある店の店主たちと世間話をし、商売を冗談にして笑い合っていた。それを見ていると、高田さんはもうこのまま電器店を継ぐのではないかと思うほどだった。

「オレは絶対にこのままでは終わらんのや。絶対にここから出るんや」

山の上から夜景を見ながら高田さんはそう口にした。声は小さかったけれど、口調はやけに熱かった。二浪して友人もなく、気づけばこのまま電器店を継ぐことになる人生。たぶん映画は口実に過ぎなかったのだ。何者かになりたいのに何者にもなれず、必死でもがいている。どうすればいいかはわからない。でも、ここから逃げ出せばきっと何かが掴めると信じている。

上手くは言えないが、その瞬間、僕は高田さんのことをなんだか滑稽に感じてしまったのだった。絶対にという口調の熱さが鬱陶しかった。才能のある人間は、もうとっくに抜け出している。今までここにいる時点で高田さんに才能などない。たぶん彼はこのまま終わるのだ。はっきりそう思ったわけではなかったが、漠然とした予感のようなものを感じていた。

高田さんは同意を求めるようにこちらを見たのに、僕は何も言わなかった。高田さんの視線に気づかないふりをして、僕はただ夜景を見ていた。本当に何かをやる者は、やるぞと口にする前にとっくに始めている。高田さんは口だけだ。

そうして、秋も深くなった。ときおり山から吹き降ろしてくる風は、すでに冬の気配を含み、僕たちの首筋へ陰鬱な気分を吹き込んだ。

ある日、高田さんはどこかから集めてきた進路案内のパンフレットを机に並べ始めた。そろそろ進学先を決定する時期だった。

「オレな、アメリカに行くわ」

「大学はどうするんですか」高田さんは二浪している。

「だからな、アメリカの大学にするんや。UCLAには映画の学科があるねん」

高田さんは本気でアメリカの大学に行こうと考えているようだった。ここから逃げて、競争から逃げて、人生から逃げて、アメリカへ行く。映画を口実にすべてから逃げる。

「それでな、これを用意したんや」

高田さんは鈍い緑色をした十五センチ四方ほどの金属の塊を机の上に置いた。ゴトンという重く大きな音がした。

「なんですこれ?」

それは変圧器だった。

「アメリカは百二十ボルトやねん。日本の電気は百ボルトやろ。だから電圧を下げてやらんと、日本の電化製品が使えへんのや」

本気で行くのなら、四年も暮らすのなら、電化製品くらい現地で買えばいいのにと僕は思ったのだが、どうやら電器店の息子にそのつもりはなさそうだった。僕には高田さんがどこまで本気なのかがわからなかった。

「な、これさえあれば大丈夫やろ」高田さんは嬉しそうだった。

それは、いくら居場所を探しても上手く見つけることのできなかった高田さんが、今度こそ居場所を見つけようと自分に向けて用意したお守りだった。そして、進学だの就職だのという同世代からの圧力を少しでも弱めるための武器でもあった。

「電圧をぐっと下げたら、熱が出るんやで」

変圧器を見て、その無骨な金属の塊を見て、僕は何の根拠もないまま、たぶん高田さんはアメリカでもずっと逃げるんじゃないだろうかという気がしていた。叶わない夢に逃げ込むのは諦めて、電器店を継げばいいのにと思った。

「絶対に映画撮ったるねん」高田さんはそう言ってレーザーディスクの電源を入れた。二人で観たのは『アメリカの夜』で、この映画ももう何度観たのかわからないほど繰り返し観ていた。

それからしばらくして、僕はたまたま近所の大学へ進んだ先輩が参加している劇団を手伝う羽目になって、あまり高田さんと遊ぶ時間が取れなくなった。高田さんもアメリカの大学を目指そうという友人が見つかったらしくて、やがて連絡が来ることもなくなった。僕から連絡を取ることもなかった。

あれほどしょっちゅう遊んでいたのに、疎遠になるのにたいした時間は掛からず、年賀状のやり取りもしなかった。

春になって高田さんがアメリカへ旅立ったらしいという噂を耳にした。本当に行ったのかと驚いたけれど、それ以上のことを僕は聞かなかった。僕は自分のことで手がいっぱいだったし、高田さんと遊んでいたころのような気持ちで彼に会うことはできないとも思った。

それでも、口だけの人だと思っていた高田さんがアメリカへ渡ったことに、僕はどこか心の奥で嫉妬していた。何もしていないのは僕だった。いつまでもバカをやっていたいと思っているのに、自分ではできなくて、そのくせ他人には早く大人になれよと腹の内で嘯《うそぶ》いている。それが僕だった。

もう三十年近くが経つ。あの変圧器は電圧だけでなく、高田さんの歩く道も変えただろうか。同世代からの圧力を減らしてくれただろうか。彼が今どうしているのかは、調べればたぶんすぐにわかるのだろうけれども、僕は調べない。だから、それは今でもわからない。

関西人には、脳の一部に関西脳という特殊な器官が備わっていて、ときどきそれが激しく光るんですよ。

背もたれ問題

ひねくれていると言うべきなのか、天の邪鬼と呼べばいいのかはわからないが、なぜか僕には欲しいものを拒否したり、やりたくないことをわざと選ぶようなところがあって、そういう自分のことがときどき嫌になる。

まだ僕が小学一年生か二年生だったころ、学校帰りに近所の公園で遊んでいたら、どこからか現れた一人のおばさんがベンチに腰を下ろして子供たちにお菓子を配り出し、このおばさんの手にした大きなブリキ缶の中には金平糖だのチョコレートだのドロップだのが入っていて、これがすべてよりどりみどりなのだから、当然、子供たちはおばさんに群がっていくわけだが、もしも今そんなことをするおばさんがいたら、きっと怪しまれて通報されるだろうが、これは昭和の話なので、まだまだそういうおばさんやおじさんがたくさんいたのだ。

僕も友人と一緒にそのおばさんのそばまで行って缶の中を覗き込み、友人はすぐにいくつかのお菓子を掴み取ろうと手を伸ばしたのだが、その姿を見た瞬間、何かが癇《かん》に障《さわ》ったらしく、僕は伸ばしかけていた自分の手を急に引っ込めてしまった。

「ほら、ボクはどれがええの？」おばさんは僕が遠慮しているのだと思って優しく聞いてくれたのに、僕は缶の中のお菓子をじっと見たあと、ぷいと横を向いた。

「いらん」

「そんなこと言わんと、好きに取ったらええやん」おばさんは缶から小分けに包装された小さなチョコレートを取り出し、僕に差し出してくれた。

「いらん。お菓子なんかいらんねん」僕はそう言っておばさんの手を跳ね除けた。チョコレートがおばさんの手からこぼれて地面に落ちる。

「これ俺がもらうで」地面に落ちたチョコレートを拾ってポケットに入れる友人を見ていたそのときの僕は、きっとかなり不貞腐《ふてくさ》れた顔をしていたのだろうと思う。僕だって本当はお菓子がとても欲しかったのに、自分でも何が気に入らないのかわからないまま、なぜかそうやっておばさんを拒否したのだった。

好きなだけお持ちくださいと言われると何も持ち帰る気がしなくなるし、自由に選んでいいと言われると、何も選びたくなくなる。ふだんはわりと素直に受け入れる質なのに、何かの弾みでスイッチが入ると僕は自分の望みとは逆のことをやってしまう。

大阪には串カツというものがあって、ちゃんと調べていないから厳密にそう言えるのかは確かじゃないけれど、たぶん大阪の名物料理の一つで、これは一口サイズに切った肉や野菜や魚介類を串に刺したまま油で揚げて、客はテーブルやカウンターに置かれたアルミ製の平べったい容器の中に入ったソースに、その揚げたてのカツをつけて食べるのが基本なのだが、このソースは何人かの客で共有することになっているから、ほとんどの店でソースの二度漬けを禁止するというルールが徹底されているのは、一度口をつけて齧《かじ》ったカツを、再びソースの容器へ入れるのは衛生面の問題からよろしくないということらしい。

僕はめったに食べないけれども、ごくたまに串カツを食べるときには、二度漬けしないのは当然だとして、どれくらいソースをつけるべきかでかなり迷い、そしてたいていの場合、さんざん迷った挙句《あげく》に僕はカツの先っぽだけをソースに漬けて食べることになるし、カツ全体をどっぷりと浸《ひた》すどころか、ソースの入った容器の中でカツをくるくると何度も回転させるツワモノを見て、あんなことはとてもじゃないが僕にはできないと羨ましく思うのは、だって共有のソースということは隣の席の人だって同じ容器のソースを使うのだから、もしも僕がたっぷり漬けたことで、ソースが急に減って隣の人が「あっ」なんて声を出したらどうするのか。だいたい、カツ全体をソースに漬けてしまうと、いざ口に運ぶときにポタポタとソースが垂れ落ちると思うのだが、全体たっぷり漬け派の人は、その辺りをいったいどのように考えて処理しているのだろうか。

共有のソースを減らすと隣の客が怖いというのはもちろん冗談で、足りなくなれば追加してもらえばいいだけのことで、これはあくまでも僕の好みの問題だし、僕は薄味志向なので、何を食べるにしてもあまり調味料は使わない上に、串カツは下味の濃いものが多く、実はソースに漬けなくてもそれほど困らないから、初めからたっぷりソースをつけたいとも思っていないので別に迷うこともないのに、それでも迷うのは、カツ全体をたっぷり漬けてもいいというルールになっているからなのだ。

僕はどちらかといえば、ルールで認められている範囲があればそのうちのできるだけ小さなほう、できるだけ少ないほうを選ぼうとする傾向があるようで、それがたぶん僕の好みというか、僕のスタイルなのに、自分でそのように選択していながら、どことなく損をしているような気になるから面倒くさい。

ホテルによくあるバイキング形式の朝食などでも同じことで、僕は皿の上にできるだけ少なく盛るようにしていて、もちろん最低限、空腹を解消できるだけの量にはするのだけれども、たぶん普通のメニュー料理を頼んだときに比べればずいぶんと少ない量になって、いったいどうしてなのかは自分でもわからないが、僕は必ずそうするし、そうした上で損をした気になっているのだから、周りから見たらかなり迷惑な人なのだろうと思う。

世の中には背もたれ問題というものがあって、これは特急列車や飛行機に乗ったときに、リクライニングタイプの座席の背もたれをどのくらい後ろに倒すのかというあの問題のことだが、問題があると書いたものの、これは僕が勝手に問題にしているだけで、今までにどこかでそういう話題を見かけたことがあるわけでもないから、もしかするとみんなはあまり気にしたことがないのかもしれないが、たぶんあると思うし、少なくとも僕にとってはわりと大きな問題で、旅に出るといつもこれが気になってしまうのだ。

特急列車や飛行機で自分の席に着いた人の多くは、シートに腰を下ろしたあと、なんとなく振り返り、後ろの席に座っている人に会釈のようなことをしてから背もたれをそっと倒しているんじゃないだろうか。

ときには「倒してもいいですか」なんて丁寧に声を掛ける人もいるが、いいですかと聞かれてダメだと答える人を見たことがないので、この「いいですか」は質問ではなく「今から背もたれを倒します」という報告に過ぎないと僕は思っているのだが、それはまあいい。

問題は何も言わずにいきなり背もたれを倒すタイプ、しかも思い切り勢いをつけて最大限に倒すタイプの人が前の座席に座った場合で、こういうタイプの人は後ろに人が座っていることを気にしないというか、ここには自分の席以外に座席など存在していないと思っているから質が悪くて、このタイプの多くは年配の男性だけれども、国や性別や年齢に関係なくいる。

前の席に人が座ったなと思った瞬間、自分の胸に向かって背もたれの頭の部分が勢いよく迫って来るのは、もちろん列車や飛行機の座席は、後ろの席に人が普通に座っている状態ならば、背もたれを勢いよく倒しても、けっしてぶつかることのないように設計されているから実際に背もたれが僕の体に触れることはないものの、ちょうどテーブルを広げようとしていたとか、座席のポケットからものを取り出そうとしていたとか、頭上の荷物置きにカバンを入れようとしていたとか、普通ではない動きをしていることもあるのだし、ともかくびっくりする。

僕は背もたれを、特に後ろの席に誰かがいる場合には、まず倒すことがなくて、これが国際線の飛行機に乗っているときでさえそうするものだから、十数時間のフライトの間も僕の座席の背もたれは、ずっと離陸前の位置と同じ状態になっているのだけれども、これまであまりシートを倒さずに生きてきたら、倒さなくてもわりと平気になってしまった。

もちろん背もたれは倒してもよく、数センチどころか最大限に倒したって構わないというルールになっているが、どうしても背もたれを倒せないのは、いくらルールで認められていても、そのルールを使うことが僕にはできないからだ。

別に僕は後ろの席の人に気を遣っているわけではなく、少し背もたれを倒す程度であれば、たいして迷惑をかけるとも思っていないが、背もたれを倒すと、後ろの席に座っている人と僕との間に、何かしらの関係性が生まれるような気がして、それがどうも苦痛なのだ。

「倒しますね」とか「すみません」という会釈や短い会話が嫌なのだ。

そりゃ僕だって、これまでに何度かは後ろの席に人がいるときに背もたれを倒したことはあるが、そのときもずいぶんと迷った挙句《あげく》、後ろの席の人に謝りながら、ほんの数センチ傾けた程度の慎ましいものだったし、しかも、背もたれを倒したというだけでなんとなく気が重くなって、しばらくすると元に戻してしまったくらい、僕にとって背もたれを倒すというのは、胆力を要することなのです。

だから僕は上手く背もたれを倒せずにいて、だからといってそれが僕にとって快適なのかというと、けっしてそういうわけでもないのに、ここでも結果的に僕は自由に選べる範囲から、わざわざ一番少ないものを自分自身で選択し、そして前の席の客に対して、どうしてそんなに平然と背もたれを倒せるのかとこっそり腹を立てているのだから始末に負えない。

困った人

最近はあまり人の前で話す機会もないし、あってもできるだけ断るようにしているが、それでもまだ僕にもそれなりにしがらみのようなものは残っていて、お世話になった人や頭の上がらない相手からどうしてもと請われると断り切れず、そしてもちろん目先の小銭に目が眩むこともあるから、大勢の知らない人たちの前であれこれいい加減な話をすることがある。

単に雑談めいた話をするだけならいいのだが、これにセミナーだの勉強会だのといった大仰なタイトルをつけられようものなら大変なことになる。一大事である。

話を聞く側も「ふむ。このタイトルであれば真剣に聞こうか」なんて態度をチラチラ見せてくるので、元来いい加減なことしか話せない僕としては背中に妙な汗をかく羽目になる。

僕のテキトーな話を真剣に聞かれても困るのだ。できるだけ緩い態度で、場合によってはゴロリと横になって聞いてもらいたい程度の話だし、聞いてもらわなくても僕としてはまったく問題ない。世の中にはいくらでも話の面白い人も知識や経験のある人もいるのだから、僕なんかよりそういう人の話を聞くほうがためになるだろう。

そもそも僕はおかしなことを考えて、一人でニヤニヤとほくそ笑むのが好きなわけで、誰かと話すにしても、僕の奇妙な話を面白がったり楽しんだりしてくれる人だけを相手にしたいと思っているから「それはどういういう意味なのでしょう」「何を言っているのかまるでわかりません」などと言って、キョトンとした顔をされると僕としてはかなり切ない。切ないが、僕にはどうすることもできないので、そのまま話を続けるほかない。

つまり僕は人に何かを教えたり説明したりすることには向いていないのです。

たいていの場合、冷や汗を抑えつつなんとか話を終えたそのあとにもうひと仕事残っている。大勢の前で話す場にはなぜか必ずと言っていいほど質疑応答の時間が用意されていて、これがまた僕にとってはなかなか苦労の絶えない時間なのだ。

事前に何を話すかは決められず、その場で出る質問にその場で答えなければならない。質問される。答える。質問される。答える。まるで何かの試合みたいだ。

僕はすぐその場で面白いことを話せる人間じゃないし、自分の頭の中にある言葉以前のモヤモヤしたイメージを上手く言葉にする自信もない。言葉を選ぶのに時間が掛かるし、自分の口から出た言葉のニュアンスに違和感を覚えればすぐに否定する。しかもそれを繰り返す上に、あまり断言もしないから、どうしてもたどたどしい答え方になる。質問した人からみれば、わかったようなわからないような漠然とした答えにしかなっていないんじゃなかろうか。

「何か質問ありませんか」そう自分で聞くこともあるし、会の主催者や司会が聞くこともある。どちらにしても、すぐに手が挙がることは少ない。みんなしばらく周囲をこっそり見て誰か手を挙げる人はいないかと様子を窺《うかが》っている。短距離走のランナーがフライングを気にするように、人より先に質問してはいけないと思っているかのようだ。でもまあ大人たちの場合は、最初の質問さえ出てしまえば、あとはそれなりに続くからまだいい。もちろん僕は答えなきゃならないのだが、それでもまだいい。

問題は若者だ。若者は一筋縄ではいかない。放送局で働いていたころ、僕は全国各地の学校で若い人を相手に話をする機会がそれなりにあって、どうにかこうにか話をしてきたのだけれども、大人とは違って質疑応答になっても彼らが質問することはない。ただ黙っている。この退屈な時間が早く終わらないかと待っている。

だったら質疑応答なんてさっさと切り上げてしまえば、僕としてはとてもありがたいし、みんなだって喜んでくれるはずなのに、なぜか主催者は、この場合の主催者は先生が多いのだが、質問が出るまで粘る。とにかく粘る。なくなりかけた歯磨き粉をチューブから絞り出すのとはわけが違って、もともと存在しないものを無理やり出させようとするのだから、絞られる生徒は辛い。先生だって辛い。そしてもちろん質問が出てくるまでニコニコしながら会場を見回し続けている僕も辛い。最初の質問が出るまでは、ただ辛い時間が流れていく。誰もがジリジリと追い詰められた気分になっていく。早く誰か何か聞いてくれ。この時間を終わらせてくれ。しかたなく先生は会場にいる生徒たちの中から誰かを指名することになる。例えば服部さんだとか田辺さんだ。

「ほら、田辺さん何か質問は？」

困ったことがあれば先生はいつも田辺さんを頼るのだ。田辺さんは少し目を伏せて何か思案したあとおもむろに手を挙げる。これも不思議な行動だ。もうその場ですぐに質問すればいいのになぜか田辺さんはわざわざ手を挙げるのだ。そして僕は田辺さんを指さす。

「それじゃあ、田辺さん」

「はい、えーっと、一番好きな食べ物は何ですか？」

予想外の質問というのは、こうやって世の中に生み出される。人は追い詰められると心にもないことを言う。聞く側だって本当は知りたくないのだ。どうでもいいのだ。とにかく何か聞かなければならないから聞いたというだけの質問だ。それでも僕はこの質問に答えなければならない。

一番好きな食べ物。まさかの質問である。これは簡単に答えられるように思えて、案外と奥の深い難問なのだ。うっかり答えるわけにはいかない。

僕は天ぷらと寿司のどちらが好きかを選ぶことはできないし、パスタと餃子のどちらが好きかを判断することもできない。好きな食べ物とは、ふだん僕たちが考えているよりも、遥かに具体的で瞬間的な存在だ。その日の気分や体調や環境や、懐具合によっても変わるし、誰と一緒に食べるのかでもずいぶんと変わるだろう。ましてや一番好きな食べ物である。

あらゆる食べ物をずらりと目の前に並べ、どちらがより好きかを順番に二者択一で選んでいったら、どこかで堂々巡りになるはずだ。ジャンケンと同じことで、一番強いものなど存在しない。そのときどきでどれもが一番であり二番であり三番であり得る。本来順位のつけられないものに順位をつけることは難しいのだ。身長と体重のどちらが丸いですかという質問に答えられないのと同じように、そもそもの質問がまちがっている。

こんなふうに突き詰めていくと、好きな食べ物はあっても一番好きな食べ物は存在しないことになる。あるいは「常に一番好き」な食べ物はないと言うほうが正確な表現だろうか。

「それじゃあ、そこの、田辺さん」

「はい、えーっと、一番好きな食べ物は何ですか?」

「ありません」

まさかの質問にまさかの答えである。いくらなんでもそんな答えでは田辺さんに失礼だ。だから僕は躊躇《ためら》いつつも、そのときどきの気分で一番好きだと感じたものを答えることになる。あるときはお寿司だと答え、あるときはプリンだと答え、また別のあるときにはえび満月だと答える。嘘ではない。少なくともその瞬間はまちがいなくそれが一番好きなのだ。

別に食べ物に限った話ではなくて、一番好きな映画、一番好きな音楽、一番好きな小説だって同じことだ。そのときどきに本気で考えれば考えるほど、僕の答えは変わっていく。実際にはそれほど毎回変わるわけじゃないが、少なくとも変わることはある。常に同じ答えになるとは限らない。それどころか常に同じ答えになるほうがおかしいとさえ思う。

一番好きな人がころころ変わると問題になりそうだから、それは変わらないほうがいいと思うけれど、一番好きな人だって、やっぱり変わるから現実にややこしい恋愛問題が起きているわけで、でもまあ、一番好きな人はできるだけ変わらないに越したことはありませんね。

何にせよ、人は変わるものだと僕は思っている。いつも同じ答えが返ってくるなんて幻想なのだ。少なくとも僕には一貫性などないし、何かあれば自分のことはさっさと棚に上げるつもりだ。まじめな人たちからはダブルスタンダードだなんて怒られそうだけれども、僕はダブルどころか、マルチスタンダードで一向に構わない。その場その場で意見は変わる。人間なんてそんなものだし、他人の意見が変わっただの変わらないだので、いちいち腹を立ててもしかたがない。だいたい、ずっと変わらない一つだけの自分なんて退屈過ぎるじゃないか。


さて、話はここでいきなり飛ぶ。

リスクという言葉がある。僕たちはふだんこの言葉を危険性というようなニュアンスで使っているけれども、経済学や金融投資の世界では不確実性を指す言葉なのだそうだ。

たとえば百万円儲かる投資があるとしよう。確実に百万円儲かるのなら、予定どおりだからリスクはゼロなのだが、場合によっては五十万円しか儲からないなら、儲けは百万円か五十万円かで不確実だ。この不確実性をリスクと呼ぶ。ここまでは僕にもなんとなくわかる。面白いのはその先で、場合によって百五十万円儲かることもまたリスクなのだそうだ。

リスクとは予定どおりにいくかどうかの指標なのだ。あくまでも予定との違いが問題で、結果は関係ない。ふだん僕たちが使っているようなニュアンスだと、絶対に死ぬような状況をリスクが高いと言いたくなるのだが、そうではないらしい。確実であればあるほどリスクは低くなるから、百パーセント死ぬ状況なら、これはもう確実なので、リスクはゼロになるわけだ。僕はそんなふうに理解したのだが、もしもまちがっていたらご指摘ください。

そして、僕はこの「たとえ損をしても、それが予定どおりならばそれはそれで正解」という考え方をとても面白いと感じている。

何を聞いても毎回違う答えが出てくる。あるいは何を頼んでもちゃんとした結果が出せない。一般的に考えれば、そんな人に何かを尋ねたり、ものを頼んだりすることは避けるけれども、確実に失敗することがわかっているのなら、それはそれでありじゃないかと思うのだ。必ず失敗するならリスクはゼロだ。僕はここを目指したい。逆説的だが、上手くできないことを期待されたいのだ。

ものごとには、期待して上手くいく場合と期待していないときに上手くいく場合がある。いくら真剣に取り組んでもなかなかできなかったのに、気を抜いて軽くやったら急にできたなんてことはよくあるし、何日も悩んでいたのに、少し考えるのを止めて風呂に入った途端にいいアイデアが浮かぶこともある。車のハンドルに多少の遊びが必要なように、ものごとを前に進めるためには、そこに緩く動く何かが混ざっているほうがいい。そして、できることなら僕はその緩く動く側、気の抜けた側にいたい。役に立たない人、困った人でありたいのだ。

困った人が紛れ込むことで僕たちは困らなくなる。たぶん世界はそんなふうにつくられている。お前は本当に困ったやつだなあと苦笑いされつつ、なんとなくそこに居るのがいいのだ。

僕はゆっくりと会場を見回す。

「他に質問はありませんか?」

「今後の目標は何ですか?」

「困った人になることです」

そしてまた「それはいったいどういういう意味なのでしょうか」「何を言っているのかまるでわかりません」と、キョトンとした顔をされるのだ。

（問題）

レモン一個には
梶井基次郎が二人入っていますが、
梶井基次郎一人には
いくつレモンが入っているでしょう？

革命の夜

それは金曜の夜だった。飛行機が着陸したのは夜の十時近かったのだが、緑がかった色の蛍光灯がときおりチラつく薄暗い空港の入国カウンターには、それでも大勢の人が並んでいた。入国審査を担当しているのはあきらかに軍人で、胸の階級章と肩章はシンプルなのに名札だけは妙に仰々しかった。背筋をピンと伸ばした彼の動作はやけに鈍く、一人ひとりの審査にずいぶんと時間を掛けていた。パスポートを確認し、ビザをチェックし、宿泊先を聞き、海外旅行保険に入っているかどうかを確かめる。

一つ確認するたびに、モニターと入国者の顔をじっと見比べるのでとにかく時間が掛かる。飛行機からのんびり降りたせいもあり、僕が入国審査を終えるまでに四十分近くが経っていた。予約したタクシーをずいぶん待たせることになりそうだ。うんざりした気分を抱えて手荷物を受け取りに向かう。日本を出て十八時間。着いたのはキューバのホセ・マルティ国際空港だ。

手荷物受取所には、またしても人がたくさん溜まっていた。入国審査であんなに時間が掛かったのに、まだ荷物は一つもターンテーブルに載っていない。ほらね、と僕は思った。荷物が出て来なければ、どれだけ急いで飛行機を降りようと同じことなのだ。こういう言い方をすると失礼なのかもしれないが、さすがは亜熱帯の社会主義国だなと思っていた。何もかもが緩慢で、無責任で、それでいて妙に役人が威張っている。

薄暗い一角に置かれたベンチにはアメリカ人観光客の集団がどっかと腰を下ろし、荷物はまだなのかと大声で騒いでいた。

僕がキューバを訪れたのは、ちょうどアメリカとの国交が回復したばかりの時期で、まさにアメリカそのものが流れ込みつつあった。その週には高級ブランドが大規模なパーティを催すことになっていたし、翌週にはハリウッド映画の大規模な撮影が初めて行われる予定になっていた。しかも、これまで一切許可されることのなかったヘリでの空撮をするという。

僕がここにいるのもテレビ番組の撮影のためで、アメリカ化される前のキューバを、ぜひカメラに収めておきたいと思っていた。一度アメリカが流れ込むと、あらゆるものがあっという間にアメリカになる。それこそがアメリカの強さであり、そして、僕がときおりアメリカのことを苦々しく思う理由でもある。

ジリンというベルの音が鳴り響き、ようやくスーツケースが一つずつ荷受口から投げ出されるようにして現れ、回り始めたターンテーブルに載った。ギーギーと軋む音を立てながらターンテーブルがゆっくりと荷物を運んでいく。

ところがいつまで経っても僕の荷物はターンテーブルに載らなかった。そうこうしているうちに、ほとんどの荷物は持ち去られ、スーツケース二つか三つを残すだけになる。もう荷物を待つ人もあまり残っていない。嫌な予感がした。

世界のあちらこちらを旅していると、荷物が行方不明になることはよくあるので、慌てたりはしないが、慣れている国で対処するのとは違って、キューバは初めてだし、スペイン語だし、何よりも社会主義国なのだ。お金を落とす観光客は歓迎されるが、ここでテレビ番組の撮影をするのは大ごとで、担当ディレクターは事前の交渉で何度も泣かされ、一時は、もしかすると撮影できないかもしれないと諦めかけたほど、あらゆる面で厳しい要求をされていた。

そんな国で、遅れて届く荷物をあとから受け取るなんて面倒なことはしたくなかったし、何よりも機材がないと仕事にならない。

「ああ、よかった」

姿を見せるまでにやけに時間は掛かったものの、やがておんぼろのスーツケースがちゃんと現れてくれたので、僕はホッと胸を撫でおろした。

荷物を転がしつつ薄暗い通路を税関まで進む。申告するものはないので、そのまま係員に笑いかけて通り抜けようとしたところ、いきなり横から肩を叩かれた。

目つきの鋭い軍人だった。早口で何やら捲《まく》し立てているのだが、あいにく僕はスペイン語がさっぱりわからない。困ってその場に立っていると、彼はこれを見ろとでもいうように僕の荷物を指さした。スーツケースには薄茶色のガムテープが貼りつけられ、黒いインクで何か書き込まれている。航空会社の貼ったタグだと思っていたのだが、どうやら違うらしい。彼はガムテープの文字を指でなぞってから僕に向き直り、奥にある扉のほうへ進むように命じた。というか、たぶん命じたのだろうと思う。言葉がわからないので雰囲気で察するしかない。

僕がぼんやりうなずいたのを見て、扉のそばに立っていた若い女性の軍人が近づいて来た。自分のあとについてくるよう厳しい表情のままジェスチャーで示す。いったい何が引っ掛かってしまったのか。すでに夜遅いのに、さらに足止めされるのかと思うと気分が滅入ってくる。

僕はスーツケースを押しながら、彼女について部屋に入った。

六畳ほどの小さな部屋だった。壁も床もグレー一色に塗られていて、真ん中には事務机が一つ置かれているだけの、棚も窓もない殺風景な部屋だ。

言われるがままスーツケースを机の上に置き、パイプ椅子に腰を下ろすと、彼女は僕のそばに回り込んで、片手を上げるよう促した。宣誓でもさせられるのだろうか。社会主義国だから神に誓うはずはないし、こういう場合は何に誓うのだろうなんてことを考えつつ、僕がそっと右手を上げると、そのまま彼女は僕の腕を掴んだ。

ガチャリ。金属音と共にいきなり手錠が掛けられる。驚く間もなく反対側の輪がパイプ椅子につながれた。

「えっ？」

背中に冷たい電気のようなものが走った。まさかここは取調室なのか。何が起きているのかはさっぱりわからないが、とにかくたいへんな誤解が生じているようだった。そりゃ僕だって、いつも自分の行動がちゃんとしているとは思わないし、どちらかといえば怪しいというか、ダメな行動をしていることが多いという自覚はあるけれど、だからといって手錠を掛けられるようなことはしていない。

頭の中に拘束だの強制収容だのという単語が浮かぶ。なにせここは社会主義国なのだ。革命の国なのだ。もしも僕が捕まって国際問題になろうものなら番組はどうなるんだ。打ち切りになるかもしれないじゃないか。こんな状況に陥っているのに、なぜか僕は自分のことよりも番組のことを心配しているのだから、人間というのはまったく謎だ。どうやら頭皮に汗が滲《にじ》んだようで、急に頭が痒《かゆ》くなる。

扉が開いてさらに数人が室内に入って来た。全員が軍人で、しかも若い女性だった。動転していたせいもあって、はっきりと人数は覚えていないが、全部で五人か六人だったと思う。その逆に、はっきり覚えていることもある。

女性たちはもちろんみんな軍服を着ていたのだが、なぜか全員がミニスカートで色の濃い網タイツを履き、ばっちりメイクを決めていたのだ。制服なのか個人の趣味なのかはわからないが、とにかくミニスカートと網タイツの軍服なのだ。この話をすると男性はみんなニヤリとするのだが、それどころじゃないのであります。この異様な状況がわかりますか。社会主義国の空港で、狭い部屋にギラギラメイクの若い女性軍人数名と共に押し込まれ、僕だけ手錠を掛けられているのであります。これはもうたいへんな状況なのであります。ヤバいのであります。

僕に手錠を掛けた女性が向かい側のパイプ椅子に座り、スーツケースを開けるように命じた。

「あなたは二つ持っている」拙い英語で彼女が言う。

「二つ？」

「そうです。見せてください」

僕は右手をパイプ椅子につながれたまま、左手でスーツケースを開いた。大きな三脚と小さな三脚。二つ持っているといえばこれだろう。僕は三脚を取り出して彼女に見せた。

彼女は眉をひそめ、後ろに立っている軍人たちは顔を見合わせる。

「ノ、ディフェレンテ」

どうやらこれじゃないらしい。

「二つです。二つ」

そんなことを言われても困る。何を見たいのかを教えてくれたらすぐに見せるのに、それが何なのかがわからない。

「メディア」後ろに立っていた女性が声を出した。

メディア！　ああメディアか！　わかったわかったよわかりましたよ。僕はスーツケースの中を弄《まさぐ》り、収録用のメモリーカードが入ったケースを取り出した。容量の大きなものと小さなものが二枚ずつ。これだ。僕がメモリーカードを見せると、座っている女性が首を振った。

「ノ！　ノ！　メディア！　二つ！」

わからない。もう僕には何もわからない。探したければ勝手に探せばいいじゃないか。僕はスーツケースを指さした。どうぞご自由に探してください。けれども彼女たちはスーツケースにけっして触れようとはしない。どうしても僕が自分で見せなければならないようなのだ。

「あなたはドライバーを持っている」ようやく一人がそう言った。

なんだよ、それを最初から言ってくれよ。あるよありますよドライバー。プラスとマイナスが一本ずつ。こういう長くて尖ったものは機内には持ち込めないから、ぜんぶスーツケースに入れてあるわけです。

「私はドライバーを持っている」僕が大きくうなずくと、彼女たちの顔にほんの少し安堵の表情が浮かんだ。さっそく工具を入れたポーチからドライバーを取り出して見せる。

「ノ！　ノー！」女性が声を荒げた。怒っていた。とても怒っていた。後ろの人たちと何やら言い争いを始めたようだったが、何を言っているのか僕にはまるでわからない。

「メディア！」

「ドライバー！」

繰り返しそう言われるが、わからないものはわからないのだ。こんなにこじれるのなら、最初からちゃんと英語を話す人を用意してくれたらいいのに、なぜそうしないのか。こうなったらスーツケースの中をすべて順番に見せていくしかないだろう。そう思って手を伸ばした途端にダメだと言われる。どうやら何を見せるかを事前に通告した上で、それだけを見せなければならないらしい。ああもう面倒くさいな。

「ディスク」ポロっと一人がそう言った。

「ディスク？」僕はハッとした。もしかして、ハードディスクのことなのか。

「ハードディスク？」

女性たちが一斉にうなずいた。みんな目を大きく見開いていてちょっと怖い。僕は緩衝材の代わりに服で包んであったハードディスクを取り出した。

「これ？」

「イエス！」

彼女たちが見たかったのはハードディスクだったのだ。確かにこれはメディアとも言うし、ディスクドライブとも言う。手品と同じことで、わかってみればなんてことはないのだが、わかるまでは頭を悩ませるしかない。僕はハードディスクを彼女に手渡した。

「二つ」彼女はハードディクスを受け取りながらそう言った。だが僕は一つしかハードディスクを持って来てはいなかった。なぜ二つと言うのだろうか。

「私はディスクを一つ持っている」

「あなたは二つ持っている」

「一つだけ持っている」

僕がそう言っても、彼女たちは納得しなかった。一人が不意に部屋から出て行き、しばらくして戻って来たあと、僕のスーツケースに貼られたガムテープを指さした。スペイン語でドスと書かれてあることはわかるが、あとはよくわからない。それでもしばらく見つめていると、どうやらライオスXと書かれていることに気づいた。英語で言えばXレイ。X線検査の結果ということなのだろう。

なるほど。どうやらX線検査で僕のスーツケースにはハードディスクが二つ入っていると判断されたらしい。それで僕は呼び止められ、中身を見せろと言われたのだ。

これはあとから知ったことだが、キューバはスパイ対策としてハードディスクの持ち込みを厳しく制限していた。ところが、X線検査で二つ映ったハードディスクを一つしかないと言い張る外国人が現れたのだから、これはもうスパイの匂いがプンプンとするわけです。

「あなたは二つ持っている」

けれどいくらそう言われても、持っていないものは持っていない。僕は大きな溜息をついた。どうすりゃいいんだよ。さっきから腕時計をチラチラ見ていた一人が部屋から出て行く。扉のすぐ外で男性と言い争うような激しい声が聞こえたあと、泣きそうな顔をして部屋に戻って来た彼女が何やら口にすると、全員が落胆したかのように肩を落とした。

「あなたは二つディスクを持っている」向かいに座っている女性が、あきらかにやる気をなくした態度で言う。

「いいえ、一つです」

それ以外に僕には答えようがなかった。こうなったら、もう一度X線検査をするなり身体検査をするなり、好きにすればいいじゃないか。僕はすっかり面倒くさくなっていた。そして、それは彼女たちも同じだった。お互いにぐったりしていた。

スペイン語がわからないので、これは推測でしかないのだが、どうやら彼女たちはその日、夜遊びに行く気満々だったように思うのだ。なにせ金曜の夜にばっちりメイクです。ところが、X線の担当が怪しい外国人を見つけてしまったので残業する羽目になったのだろう。おそらく部屋の外で言い争っていたのは上司で、見つけるまでは帰せないと言われたに違いなかった。軍人たちはしだいにイラつき、舌打ちをしたり溜息をついたりし始めていた。

まずいことになったな。僕は片手に持ったハードディスクを見つめた。どうしてこれが二つあると思われてしまったのだろう。X線の装置が古くて二重に映ってしまったのだろうか。

「あ！」僕は思わず息を呑んだ。

すっかり忘れていた。このハードディスクは故障があっても大丈夫なように、内部で自動的にコピーされる仕組みになっているのだ。そのため中に二台のディスクが入っている。

「ウノ！　ドス、イン、ウノ！」僕はハードディスクをかざした。女性たちの視線が一斉に集まる。「ほら、ここ」僕は机の上にハードディスクを裏向きにして置き、製造番号のすぐ横に書かれている文字を指さした。商品名の最後には「２　ｉｎ　１」と書かれている。

「ドス」と言いながら指を二本立て、そのあとハードディスクを指す。頼む、わかってくれ。この中にディスクが二台入っているのだ。

「オオオオオ、オーレ！」

「ミーア！」彼女たちは口々に叫んだ。

どうやら理解してもらえたようだった。向かいに座っていた女性が椅子を弾き飛ばすようにして立ち上がり、部屋から飛び出した。後ろの女性たちは笑顔でハイタッチをしている。そりゃそうだろう。これで帰れるのだ。しかもこの外国人はハードディスクを二つ持ち込んだスパイなどではなく、たまたまそういう機種を持っていただけなのだ。もう踊り出さんばかりの勢いだった。とっくに深夜になっているが、きっと金曜の夜はまだ続いているのだ。

嬉しそうな顔で戻ってきた女性が僕の後ろに回って手錠を外した。僕はぶらぶらと手を振る。

いきなり強引に立ち上がらされ、そのまま抱きつかれた。すごい力だった。

「グラシアス」礼を言われた。

「グラシアス！」女性たちに次々と抱きつかれる。一体なんだ何なんだこれは。いくら帰れるからといって、そこで僕に感謝しちゃうのか。それでいいのか。ラテンはわけがわからない。

ともかくこれで解放されそうだとホッとしている僕に向かって、彼女たちはニコニコと笑いかけながら部屋を出ていった。二人くらいがウインクをしたと思う。

殺風景な取調室に、僕は一人取り残された。物音一つしない部屋の中で、スーツケースから取り出したあれやこれやを淡々と片づけていく。数人がかりであれほど厳しく取り調べていたのに、解放された途端ここまで放置するのもすごいなと思った。


取調室を出て税関のゲートへ向かうと、もう誰もいなかった。ガランとした空港はもともと薄暗かったけれども、照明が消されて、ますます暗くなっていた。税関を抜けて入国ロビーに向かうが、どこにも人の気配はしなかった。こんな深夜に右も左もわからない異国の空港をウロウロするのはあまりいい気分ではなかった。

捕まらなかったのは幸いだが、これからどうやってハバナ市内まで行けばいいのか。安心と不安が入り混じったまま、僕は空港の中を出口に向かってゆっくりと進んでいった。ふと、壁際のベンチから立ち上がる人の姿が目の端に入った。紫色のポロシャツを着た痩せた男性だった。男性は僕に近づいて一枚の紙を広げた。そこには僕の名前が書かれていた。彼こそは僕の予約したタクシーの運転手だった。

最後の飛行機が到着してから三時間近くは経っている。その間、おそらく誰一人として入国ロビーへ出て来なかったはずなのに、なぜ彼はそれでもずっと待っていたのか。僕が旅行をキャンセルして飛行機に乗っていないという可能性は考えなかったのか。いろいろなことを考えて頭がグルグルする。

「待っていてくれてありがとう。でもどうして帰らなかったの？」そう尋ねた。

「金になるから」彼はそう答えた。

その夜、この国では資本主義の革命が起きつつあるのだなと僕は思った。

形から入りたい

オープンカーと呼ばれる種類のクルマがある。わざわざ説明をする必要もなさそうだけれど、簡単に言えば屋根のないクルマで、屋根の取り外し方やら車体の構造やらでいろいろと呼び方が変わるらしいのだが、ともかくこういうタイプのクルマは全部まとめてオープンカーと呼んで構わない。そして何を隠そう、僕はオープンカーに乗っているのであります。

初めて屋根を開けて乗ったときには、道行く人が誰も彼もこちらを見ているような気がして恥ずかしくなり、僕はすぐに屋根を閉じてもう二度と屋根など開けないぞと固く誓ったのに、人間というのは何にでも慣れる生き物のようで、今では屋根を開けることに躊躇《ためら》いはないし、むしろ、必要のないときにでも、これ見よがしに屋根を開けている。

そうして、あきらかにみんながこちらを見ていることを意識しつつ、わざと何かに浮かれて調子に乗っている顔をしてみせるのだ。内心では困っていようが仕事が重なって疲れていようがそんなことは関係ない。オープンカーの屋根を開ける人は、浮かれて調子に乗っている人であるべきなのだから。

人は嬉しいときには笑うし、悲しいときには涙を流すことになっている。まず心の動きがあって、それを反映して表情が生まれるわけだ。

ところが表情が気持ちをつくることもあって、辛いときや困っているときに、無理に口角を上げて笑顔をつくってみせると気が晴れることはあるし、大して悲しくもないのに泣いてみせているうちに、だんだんと悲しい気持ちが強くなり、やがて本当に涙が零《こぼ》れるようなこともあるから、実は心の動きと表情はどちらが先なのだとは簡単には言えないところがある。

何も表情だけじゃない。外見を整えることでも気持ちはずいぶんと変わる。

服装はそのわかりやすい例で、たまにフォーマルな格好をするとなんとなく背筋がピンと伸びて、立ち居ふるまいもそれなりの動きになるし、その辺にある適当な運動着とスニーカーでジョギングをするのと、専用のウェアとシューズをばっちり揃えて走るのとではフォームだけでなく、たぶん走るスピードや距離だって変わってくる。いや、そもそも走りに行こうとする回数が違っているはずだ。

雑多な部屋よりもしんと静まり返った図書館のほうが勉強をしなければならない気になるし、スポーツの試合で負けている側が、あえて大きな声を出すことで元気になることもある。たぶん僕たちの心は、自分で考えている以上にずっと外形的なものに左右されているのだ。だから、迷い悩むことの多い僕のような人間が新しいことを始めるときには、まず形から入るのがいい。形さえ整えてしまえば、ものごとへの一歩はずいぶんと踏み出しやすくなる。

もちろん、やみくもに形を整えればいいというわけではなく、そこには正しい手順というものがある。おそらく昔の人はそれを型と言ったのだろう。基本の型から入り、手順どおりに新しい型を覚え、そうやってものごとを身につけていく。きちんと型を守ってさえいれば、どんなものごとでも、ある程度までは上手くいく。余計なことに気を遣う必要はない。

僕があまり迷わないことの一つに買い物がある。何を買うのかを考えるのが面倒くさいからなのだけれど、あれこれ比べたり何軒もの店を回ったりすることはほとんどなく、最初から直感でこれだと決めていたものをそのまま買うことが多いし、そうじゃない場合も「ハイこれ」とその場で瞬間的に決めてしまう。Tシャツや下着は同じものを五枚十枚とまとめて買うことが多い。そうしておけば、毎日どれを着ようかと考えなくてもいいから楽なのです。

家電製品を買うときに、メーカーのカタログを集めて、ときには比較表まで拵《こしら》えてあれこれ検討する友人がいるのだが、あれが僕にはさっぱり理解できない。どうしてあんなに面倒くさいことができるのか。だいたい家電製品なんてものはメインの目的をこなせればそれで充分なのであって、あとの機能はどれもオマケなのだし、どうせそれほどたいした違いはないのだ。洗濯機は洗濯ができればそれでよくて、僕はそこにオマケの機能を求めない。そりゃ使えば便利な機能もあるだろう。だからといってわざわざ検討するほどのものでもない。

直感で選べばそれで充分。買い方が明確に決まっているので僕は買い物で迷うことがほとんどない。これだって、ある種の型だと言えるかもしれない。

テレビ番組の仕事でロンドンにしばらく滞在したのは、まだイギリスがEUから抜けるの抜けないのという話が出る前のことで、毎日のように夕方になると、たっぷりとビールの入ったパイントグラスを手に談笑する人たちで町のあちらこちらが賑わっていた。

夏のロンドンは夜が長い。九時近くまで陽があるので、みんななかなか帰ろうとはしないし、仕事を終え、一度家に帰ってから出直して来る人もいる。金曜日ともなれば、古いレンガづくりの建物を改装してつくられたカフェやパブがずらりと並ぶ一帯に、その狭い道を埋め尽くすかのように人が集まる。若者が集まるソーホーの辺りに至っては、店から溢れ出た客が店先の狭い道を覆い尽くすどころか、通りの向こう側が見えなくなるくらいにぎっしりと人で埋まり、身動きをとることとさえ難しい。

薄暗くなった景色の中で、店の前に並べられたテーブルの周りに立ったまま誰も彼もが楽しそうに酔っ払っていた。大きな体のイギリス人たちが酔って大声をあげている様子は、彼らはとても楽しそうにしているのだけれども、僕としてはちょっと怖くて、できればあまり近寄りたくはなかった。

モルトビネガーのツンとくる酸っぱい香りと、フィッシュアンドチップスを揚げる安い油の匂いが鼻を刺激する。笑い声の合間に、ときおり乾杯のグラスがぶつかる音やフォークやナイフの立てる高い金属音が耳に入った。店の中から漏れ聞こえてくる音楽の強いビートに合わせて、首を縦に揺らしている人たちがいる。とにかく大騒ぎなのだ。まるで何かのイベントなのかと思うほどの賑わいで、辺りに響く人の声と騒音が熱気のようになって僕を包み込むと、頭がぼうっとして意識が遠くなりそうだった。これがただの週末なのだというから驚く。

実際の景気がどうなのかはともかく、そのときのロンドンには明るい雰囲気が漂っていて、それは、失われた二十年だの三十年だのと言って、いつも俯向き加減のまま、何かを楽しんだりふざけたりすることが苦手になってしまった日本とはずいぶん違っていた。

もちろん視線を下げればホームレスや職探しや家庭内暴力や麻薬といった問題はいくらでも転がっていて、けっして目を背けるわけにはいかないが、きっと俺たちはなんとかなるのだ、俺たちがなんとかするのだという前向きな気分がそこにはあるようだった。

その場で出会った人たちと何の話をしたのか詳しいことは忘れてしまったが、モンティ・パイソンやフォルティ・タワーズといった古いイギリスのテレビ番組の話をして、あそこまで過激な番組は今では放送できないよね、なんて盛り上がったような気がする。

ふいにクラクションの音が聞こえて顔を上げると、人でごった返す狭い道を一台の真っ赤なクルマが通り抜けようとしているのが目に入った。イギリスではお馴染みのミニというクルマで、しかもオープンカーだった。たぶんレンタカーなのだろう。若い女性が四人乗っていて、いったい何に興奮しているのか、キャーキャーと大騒ぎしている。

クルマはなかなか進まなかったが、それでも彼女たちは平気そうだった。街に溢れた酔っ払いが、彼女たちに向かって手を振り声を掛けると、彼女たちもそれに応えるかのように得意げな笑顔で手を振り返してくる。中にはビールの入った大きなパイントグラスを差し出す者もいたけれど、さすがにそれは断っていた。とにかくみんな楽しそうだった。

誰もが家に帰れば、請求書だのカードの明細書だのが、食べ残したTVディナーの上に積み上がっているはずで、家族や恋人や隣人との面倒くさいゴタゴタが待っているはずで、それでも、みんな楽しそうにしていた。今この瞬間を楽しむことが生きていること。オープンカーの四人の笑顔が、彼女たちに向かって手を振る人の笑顔が、そう言っているような気がした。

オープンカーは人で溢れる通りをゆっくりと抜け、ラウンドアバウトを半周したあと、浮かれた気分だけをそこに残して、僕の視界から消えていった。

帰国した僕は成田空港からリムジンバスに乗って都内へ戻り、そのままスーツケースを引きずってクルマの販売店に向かった。大きなガラスの自動ドアが開き、店内へ入った僕の目は、入り口に一番近いところに置かれていたクルマに引き寄せられた。偶然なのか必然なのか。なんとそこにはオープンカーが展示されていたのだった。これだ。僕はこれを買うのだ。

「今日はどういうご相談でしょうか」従業員の男性が柔らかな笑顔で迎えてくれた。

「これください」僕はそう言って、オープンカーを指さす。

「え？」従業員はびっくりしたように僕を見つめた。目が泳いでいる。

「これをください」もう一度言った。釣られたように彼は僕の指先にあるオープンカーを見る。

「これですか？」従業員が怪訝《けげん》な顔つきになる。まさかこんな買い方をする客が来るとは思っていなかったようだ。

「ええ。これを」僕は買い物で迷うことがあまりない。最初から買おうと決めていたものが目の前にあるのだから、買うに決まっている。

「えーっと、それではこちらへ」戸惑いつつ、彼は僕を店の奥へと案内した。

「ご契約ですね」

「そうです」

「あのう、ほかのタイプもご覧になりますか」そりゃそうだ。クルマを買うときにはいろいろなタイプを乗り比べたり、装備を確認したりするものだろうから、彼の質問は完全に正しい。

「いいえ、あれでいいです」でも、僕はもう決めているのだ。

「わかりました」彼は口元をぎゅっと固くしたまま小刻みに何度かうなずいた。

「それで、お支払いは」テーブルの後ろにあるカウンターから書類を取り出しながら聞く。

「もちろんローンで」僕は堂々と答えた。八百屋で大根を買うみたいに、クルマを指さしながら「これください」なんて言ったものだから、どうやら現金で払うと思われたようなのだが、そんなことはない。だって払えるわけがない。

ローン申し込みの書類に記入して、信販会社の審査を待っている間は、特に何もやることがない。僕はテーブルに置かれたお茶をちびちびと飲んでいた。

「今回はどうしてオープンカーを？」気まずくなったのか、従業員が話しかけて来る。

「ロンドンで見かけて楽しそうだなあって思ったんですよ」

「これまで弊社のクルマに乗られたことは？」

「ありません」

「あのう、でしたら一応、ご説明させてください」

確かに彼の言うとおりだった。僕は自分が買おうとするクルマの試乗をするどころか、運転席に座ることも、いやそれ以前に、ドアに手をかけることさえなく、見た目だけでいきなり買ったのだった。迷わないにもほどがある。従業員に言われるまま僕はボンネットの中を覗き込み、シートに腰を下ろし、ハンドルを握り、レバーだのスイッチだのに触れた。そして、軽くエンジンをかけて、そのまま止めた。

「ありがとうございます」

「え？　もういいんですか」

「ええ」

左右社
図書目録

ご注文は全国の書店、オンライン書店もしくは、直接小社まで　2018年10月

〒150-0002　東京都渋谷区渋谷2-7-6-502　E-mail: info@sayusha.com
TEL: 03-3486-6583（編集）03-3486-6590（営業）FAX: 03-3486-6584（共通）

人文学

会田弘継『**トランプ現象とアメリカ保守思想**』
ネオコンだけでない、知られざるアメリカ保守思想、右派政治史の流れからトランプ現象を捉えなおす。
本体1800円＋税　ISBN978-4-86528-152-1

荒原邦博『**プルースト、美術批評と横断線**』
ドゥルーズの概念を作家の実存的帰結として捉えなおす刺激的論考。
本体6000円＋税　ISBN978-4-903500-97-3

石川九楊『**九楊先生の文字学入門**』
文に文法があるように、書字にも「主語」や「動詞」「述語」「形容詞」があった！
本体2963円＋税　ISBN978-4-86528-103-3

飯尾潤・磯﨑憲一郎・一柳慧・井上章一・臼杵陽・大島まり・金井景子・玄田有史・小平麻衣子・門脇厚司・坂本龍一・島薗進・高橋悠治・谷川俊太郎・中沢けい・成田龍一・沼野充義・根岸英一・東直子・水野和夫・吉増剛造・李禹煥『**高校生と考える希望のための教科書**　桐光学園大学訪問授業』
本体1600円＋税　ISBN978-4-86528-193-4

五十嵐太郎・内山節・荻野アンナ・小野正嗣・加藤典洋・苅部直・合田正人・佐伯啓思・鈴木貞美・竹宮惠子・田原総一朗・張競・内藤千珠子・浜矩子・細見和之・本田由紀・松井孝典・松田行正・丸川哲史・森田真生『**高校生と考える人生のすてきな大問題**　桐光学園大学訪問授業』
本体1700円＋税　ISBN978-4-86528-161-3

レベッカ・ソルニット　翻訳：ハーン小路恭子
『**説教したがる男たち**』
今や辞書にも載っている「マンスプレイニング（man と explain の合成語）」を世に広めた、今世紀のフェミニズムを牽引する書。
本体2400円＋税　ISBN978-4-86528-208-5

歴史・民俗学

五味文彦『**人物史の手法**』
「生き方」でつかむ古代から中世。関係史料が少ない人物の人生を鮮やかに復元する。
本体1700円＋税　ISBN978-4-86528-105-7

齊木崇人・杉浦康平ほか『**動く山　アジアの山車　この世とあの世をむすぶもの……**』
アジア各地に林立する多彩な山車その不思議を読み解く初めての本。
本体2400円＋税　ISBN978-4-903500-65-2

松田法子　監修：古城俊秀『**絵はがきの別府**』
知る人ぞ知るコレクター古城俊秀氏の膨大な写真絵はがきから、都市史研究の俊英松田法子氏が泉都別府の発展の歴史を描き出す。
本体3500円＋税　ISBN978-4-903500-75-1

ノンフィクション

青柳貴史『**硯の中の地球を歩く**』
世界一墨が磨れる石を探しに、命がけで中国の秘境へ。常識はずれのエピソード満載の硯ハンター・ノンフィクション。
本体1650円＋税　ISBN978-4-86528-203-0

郵便はがき

切手を
お貼り
下さい

150-0002

東京都渋谷区渋谷
2-7-6-502
株式会社 左右社

浅生鴨エッセイ集
『どこでもない場所』
愛読者係　　　行

お名前（フリガナ）

歳　男・女

ご住所　〒

本書をお知りになったきっかけ

＊ご記入いただいた個人情報は、出版物資料目的以外には使用いたしません。

❖ご愛読ありがとうございます❖

今後の出版の参考にさせていただきたく、
ご意見ご感想をお聞かせいただけますと幸いです。

本書へのご意見・ご感想をお聞かせください。

本書の中の好きなエッセイタイトルをお聞かせください。
（複数回答可）

浅生鴨さんへのメッセージをお願いいたします。

お寄せいただいた感想は、本の PR などで匿名にて使用させていただくことがございます。

「屋根の開け閉めは？」

「とりあえず、いいです」

これでいいのだ。僕が本当に欲しかったのは、クルマではなかった。オープンカーでもなかった。僕は自分の気持ちを変えるための型が欲しかったのだ。どんなときにでも、自分の気持ちを明るくするものが欲しかったのだ。

程なくして、そのクルマは僕の元へやってきた。初秋の街をのんびりと走ってから、信号待ちの交差点で僕は初めてゆっくりと屋根を開いた。すっと風が流れ込んで、助手席のシートベルトがパタパタと音を立てた。横断歩道の端に立っている人たちが一斉にこちらを見る。子供たちが目を丸くして僕を指さす。うわあ、なんて恥ずかしいんだ。僕は慌ててそのまま屋根をゆっくりと閉じた。

形から入るのだってそれなりに大変なのだ。いつでも浮かれた気分でいられるようになるまでには、それからしばらく時間が掛かった。

▶おひつじ座のあなた。
あなたは本当はおひつじ
座じゃないんですよ。
ラッキーアイテムは
ジンギスカン。

▶かに座のあなた。
エビシューマイって、
たまにエビが入っていないことが
あるじゃないですか。
あれって一つずつちゃんと
確かめていないんですかね。
ラッキーアイテムは
抽選で五十名の方に。

▶やぎ座のあなた。
今週はやぎ座はお休みを
いただいております。
また来週。

フィルム

太平洋に面したその町には、すでに冬の気配が近づき、まもなく雪のちらつく日々が訪れようとしていた。すべてが流されて、海からの風を遮るものが何一つ残っていないその町は、日が傾き始めると急に肌寒くなる。校庭に続く階段の上に立っていた僕は空気が冷たくなったことを感じていた。けれども東北の小学生たちは元気いっぱいで、まるで気温など存在しない世界にいるかのように、夕日で赤く染まり始めた校庭で遊び続けている。

さりげなく子供たちにカメラを向けると、一人の女の子がカメラに気づき、僕に向けてピースサインをした。それに気づいたほかの子供たちも一緒になってピースサインを始める。子供はいつだってピースサインをする。もっとも最近は大人もピースサインをするし、大人のほうが写真に撮られるときのポーズにこだわっているかもしれない。

僕はしっかりとカメラを構え直してファインダーを覗き、シャッターを押した。カメラがクシャという機械音を立てる。続けざまに何枚か撮る。

しばらくすると子供たちが僕のそばへ集まってきた。みんな何度もこの町に通ううちに顔見知りになった子供たちだった。

「見せて」最初にピースサインをした女の子が言った。

「ごめん。これ、見られないんだよ」

「どうして?」

「デジカメじゃないから。フィルムのカメラだから」

「フィルムのカメラって何?」男の子が聞いた。

「えーっと、フィルムに写すんだ。デジタルのデータじゃなくてね。フィルムに写したものを現像して写真にするんだけど。すまん。ダメだ、上手く説明できないな」

「前から思ってたけど、鴨さんってけっこう残念な人だよね」男の子がそう言うと子供たちは一斉にゲラゲラと笑った。

残念な人。何もそこまで言わなくてもいいじゃないかと、僕はちょっと憤慨しつつも、小学生のボキャブラリーに感心した。

「で、フィルムって何?」

僕はフィルムカメラとデジタルカメラの違いを説明しようとしたのだけれども、これをわかりやすく説明するのはなかなか難しくて、僕の拙い説明に子供たちはだんだん飽き始めているようだった。

「じゃあ、そのカメラって撮ってもすぐに見れないの？」ふいに女の子が尋ねた。

「そう」フィルムを現像しなければ見られないし、現像したところで上手く撮れていなければ、やっぱり見られない。そしてたいていの場合、半分くらいは上手く撮れていないのだ。

「ふーん。そのカメラ貸して」

「いいよ。何でも好きなものを撮っておいで」僕はカメラを女の子に渡し、使い方を説明した。ファインダーを覗きシャッターを押す。それで終わり。全自動式のフィルムカメラは簡単だ。余計なボタンも設定もない。ネットに繋がることもないし、画像を加工することもできない。ただ目の前にあるものをフィルムに写し取るためだけに存在している。

「あと九枚しか撮れないから大切に撮ってね」

「はーい」女の子は明るく返事をして、ほかの女の子たちと一緒に校舎の裏側へ入って行った。

「ねえ、なんでデジカメじゃないの」どうやら男の子たちはフィルムのカメラにまだ興味があるようだった。

「デジカメってたくさん撮れるだろ」

「うん」

「撮った写真がすぐ見られるだろ」

「うん」

「だからだよ」

「えー、だってたくさん撮れたほうがいいじゃん」

「そうだよ。どんな写真が撮れたか見えたほうがいいじゃん」

確かに彼らの言うとおりなのだけれども、もしも枚数を気にせずに写真が撮れるとしたら、そして撮ったものをすぐに見ることができるとしたら、たぶん僕は写真を撮ることばかりに気持ちが向いてしまい、そこにあるものを自分の目で見なくなるような気がするのだ。目の前にあるものをファインダーを通してしか見なくなるような気がするのだ。

「わかるかな？」

「ぜんぜんわかんない。意味わかんない」

「撮りたいって思ったら撮ればいいんだよ」

「まあ、そうだよなあ。でも違うんだよなあ」デジカメしか知らない彼らにこの感覚を伝えることは僕にはできないのかもしれない。

　夕日がゆっくりと山の向こう側に隠れ、赤かった空に紫色や紺色の帯が混ざるようになると、気温がさらに下がっていくのがわかった。じきに日が暮れようとしていた。子供たちはそろそろ帰らなきゃならないだろうし、僕だってそうだ。ちょうど僕がそう思い始めたのにタイミングを合わせたかのように女の子たちが戻ってきた。

「ちゃんと使えた？」

「うん。でも、もう撮れなくなっちゃった」女の子が僕にカメラを返しながら言う。

　九枚残っていたフィルムはきっちりと使い切られ、カメラが自動的に巻き戻しを終えていた。僕は裏蓋を開けフィルムを取り出した。子供たちが不思議そうに見ている。

「ほら、これ」

　緑色をしたフィルムのパトローネを見せる。

「そこに写真が入ってるの？」

「まあね」

　厳密にいうと、このパトローネの中に入っている感光したフィルムを現像することで、人の目でも見られるものになるのだが、それを彼らにわかるように伝えることは諦めていた。

「で、何を撮ったの?」僕は女の子に聞いた。

「えー、秘密」

「おい、女子。何撮ったんだよ。言えよ」

「そうだよ、言えよ」

「秘密だもんねー」

「だって、ねー」女の子たちはそう言って笑った。

「ほら、やっぱりデジカメじゃないとダメだ」男の子が言う。

「なんかぜんぜん使えないじゃん、なあ」

確かに僕もフィルムのカメラは不便だと思う。デジカメと併用しているとなおさらそう思う。撮影できる枚数に制限はあるし、現像してでき上がった写真を見ればピントが合っていなかったり、露出が明るすぎたり暗すぎたりして、上手く撮れていないことも多々ある。それでも、僕はその写真を見れば、なぜそのときに自分がシャッターを押したのか、それはいったいどういう状況だったのかを思い出すことができるような気がするのだ。

このタイミングでいいのか、このアングルでいいのか。残りの枚数を気にしながら、カバンの中に入っているフィルムの本数を気にしながら、僕はシャッターを押す。フィルムカメラのシャッターを押すとき、僕はどこか迷っている。数を撮って選ぶのとは違う撮り方をする。おそらくシャッターを押す回数が少ないからなのだろうけれど、僕は自分がシャッターを押したときの気持ちが、どこかに記憶として残るように感じる。上手く撮れていない写真でさえ、なぜそれを撮ろうとしたのかを覚えているように思う。本当に僕がそのときの気持ちを正確に覚えているのかと問われたら自信はない。それでも、その記憶が僕にとっては大切なのだ。

記録ではなく記憶を。

あらゆるものを波が攫《さら》っていってしまったこの町には、写真がほとんど残っていない。それでもここで立ち上がろうとしている人たちの中には、町の記憶が色あせることなく残っている。記録どおりではないかもしれない。もしかするとずいぶん美化されているかもしれない。それで構わないじゃないかと僕は思う。その記憶が、これからここで生まれる新しい町の記憶とやがて一つになっていくのだ。

女の子たちの撮った九枚の写真には、すべて同じものが写されていた。

それは、僕と男の子たちが話している姿だった。

息をひそめるようにして撮られた写真。あまりにも遠くから撮られたせいで、顔が小さ過ぎて誰なのかもよくわからない写真。記録としては失敗なのかもしれない。それでも、シャッターを押したときに撮りたかった誰かの姿は、しっかりと彼女たちの記憶の中に残るだろう。

多くのものが失われたこの町で、多くの人が家族や友人を亡くしたこの場所で、それでも人は恋をする。誰かを自分の記憶に残したいと願う。

「ねえ、どの子が撮りたかったの？」

次に彼女たちと会うとき、この写真を持っていく僕はこっそりそう聞くのだ。

また深夜にこの繁華街で

就職活動に疲れてしまったという若者と何度か話したことがある。普通にがんばれと言ってやりたかったのだけれど、そのがんばれが重荷になってしまうかもしれないと思うと、気軽には口にできなかった。就職なんて人生の入り口に過ぎないし、その先どうなるかなんて誰にもわからないのだから、あまり重く考えないほうがいいよなんて正論を吐くこともできた。とは言え、正しい言葉はそれが正しいというだけで既に暴力なのだ。肩で浅い息を繰り返し、とっくに表情の消えてしまった顔で「苦しいんです」と潰れたような声を絞り出す彼らに、僕はどんな言葉を掛ければよかったのだろうか。

その日、僕は灰色のつなぎを着て池袋の地下にいた。劇団の先輩から紹介されたアルバイトは、繁華街の汚水をバキュームカーから伸ばしたホースで吸い上げるというもので、その当時あった他のアルバイトに比べると、ずいぶんと割のいい仕事だった。

せっかく入った大学では居場所を見つけることができず、すぐに通うことを止めてしまった僕は、自分でも何がしたいのか、何をすればいいのかわからないまま、古いアパートの小さな部屋で毎日悶々として、汚れた薄っぺらい布団の上で横になり、起き上がってはまた悶々として、それでも何者かにはなりたい、ここではないどこかへ行きたいと必死でもがいていた。

ほんの少しばかり会社勤めのようなことをして、しばらくそれなりに楽しんだものの、やがてそれも辞めてしまった。

僕には金がなかった。時間と体力はあるのだから、本気でアルバイトを探せばいくらでも仕事は見つかったと思うが、僕はアルバイトを探すこともしなかった。先輩や友人に紹介されたアルバイトで適当な数日を潰し、手渡された現金でそのあとの数日をやり過ごすだけの日々。大学の近くにアパートを借りていたせいで、うっかり家の近所にいると同じクラスにいた学生たちの姿を見かけてしまう。だから、紹介されたアルバイトもできるだけ家から遠いところを選ぶようにしていた。

大学へ行かなくなったのも、会社を辞めたのも、やりたいことが見つからないのも、その日をやり過ごすだけの生活も、みんな自分のせいなのだ。自分で決めたことなのだ。それなのに僕は自分のせいだと認めることができなかった。何か別の理由が欲しかった。

どうして僕は、みんなと同じようになれないのだろう。彼らと僕は何が違っているのだろう。いくら考えても答えは出なかったし出るはずもなかった。たいていのことは苦手なくせに見栄を張ろうとするし、自分にとことん甘いわりにプライドだけは高いから、夜中にふと目がさめると、こんな生活でいいのだろうかという疑問ばかりが頭に浮かんで、朝まで眠れなくなる。

そんなとき、僕はよく深夜の繁華街を歩いた。新宿から西池袋の先まで行って戻って来る。それだけだ。歩いていれば何も考えずに済む。目に入る光景をそのまま見ていればいい。

ビルの明かりが消え、飲み屋の看板が引っ込められると、繁華街とはいえ人の影はまばらになる。赤や黄色のネオンサインが水を撒かれたアスファルトに照り返し光っていた。

酔っ払ったサラリーマンが気持ちよく歌い上げ、やめなさいよと女性が大声を出していた。シャッターにもたれ掛かるようにして座り込む学生たちの口は半開きで、足元には派手に吐いた跡があった。どうにも救いようのない光景だったし、それが僕には救いだった。

もともと僕は自分がここにいるという現実感をあまり感じないから、はっきり死にたいと考えたことはない。それでも今すぐにすべてを捨ててしまいたい、この場からいなくなってしまいたいという気持ちはどこかにずっとあったように思う。

マンホールの中に潜っている間は耐え難い臭いがしているものの、吸い出しを終えて地上に戻れば冷たく澄んだ空気が肺に染み込み、これはこれで案外と心地いいものだなと感じた。

休憩時間になって、僕はバキュームカーの陰で先輩たちと一緒に地面に座りこみ、缶コーヒーを飲んだ。先輩がコンビニで買ってきたコーヒーは、もともとは温かかったはずなのに、冬の空気の中でしっかりと冷やされて、アイスコーヒーのようになっていた。二枚重ねていたTシャツは汗でべちょりと濡れていて、つなぎのファスナーを下げて胸元を大きく開くと白い湯気が立ち上った。

「メシは食ってるのか」

先輩はいつもそう聞いてくれた。食べていないと答えれば仕事のあとで手近な安食堂へ連れて行ってくれる。実際のところあまり食べてはいなかった。劇団の裏方につけば、少なくともその日の食事くらいはなんとかなったが、そうでない日にはもらい物のふりかけをスプーンですくって口に入れ、それで一食を済ませることもあった。

金がないからしかたがないのだが、金がないと金のことばかりが頭に浮かぶようになる。僕は次々に届く公共料金の督促状を前に溜息をつき、支払日まであと何日あるかを指で数えた。その日までに何度アルバイトへ行くことになっていただろうかとカレンダーを確認し、どの督促状から順番に支払うべきかを考える。そうしてベッドの上に転がって、もっと割のいい仕事を誰かが紹介してくれないだろうかと虫のいいことを願った。

実を言うと僕は金の話が苦手だ。誤解のないように言っておくが、あくまでも話が苦手なだけで金そのものは嫌いじゃないし、できるだけ欲しいとも思う。ただ、金を使ってやりたいことがあるわけではなく、むしろ、あれこれやらずに済ませるために金があるといいなと思っている。だから金は嫌いじゃないけれど、別になくても構わない。

そうはいっても、金がなければ電気が止まりガスが止まり、やがて水道も止まる。水がなければ人は死ぬから、水道はいつもギリギリまで待ってくれた。水が止まれば公園の水を汲んで来るほかないのだが、それすらも面倒くさくて放置することがあった。

つき合っている彼女に光熱費を払ってもらい、なんとか急場をしのぐために学生ローンに手を出し、友人を紹介すれば金利が安くなるからという理由で、その学生ローンに何人もの知り合いを連れて行った。それを最後に二度と会わなかった知人もいる。

本当にどん底で苦しんでいる人から見れば、逃げ道などいくらでもあるのに、僕はそれには気づかないふりをして、自分で自分の道を塞ぎ、そんな自分に酔っていた。金がないのなら実家に帰ればいいじゃないかと言う人もいるが、弱った心では、そうすることもできなかった。
ずいぶん辛かったし、もう一度ああいう暮らしをしたいとは思わない。

ずっと地面に腰を下ろしていると尻が冷えてくる。僕は缶コーヒーのプルタブを引いて、冷たくなった液体を口に入れた。体にまとわりついた汚水の臭いが鼻から流れ込んで、危うく吐きそうになった。

何気なく駅の方向へ目をやると、着物を着た女の子たちと、そのまわりでじゃれつくようにはしゃいでいるスーツ姿の男たちが目に入った。成人式だった。きっと式典の帰りなのだろう。みんな楽しそうだった。

今日よりも明日のほうがきっとよくなる。誰もがそんな確信を持っているように見えた。その日をなんとか暮らしている僕からみれば、まるで違う世界の住人。未来への鍵をしっかりと手に持っている人たち。同じような年に生まれ、同じような場所で暮らしているのにこんなにも違うのか。あっちはあんなに輝いているのに、こっちは明日のことさえ考えられないのだ。

僕には未来などなかった。未来なんてもうぜんぶ捨ててしまったのだと思い込んでいた。なりたい自分になれる者は少ない。何者かになりたいともがきながら、けっしてそうはなれないという世界の現実を知ってしまったときの絶望。独りぼっちのまま、どこへも逃げようのない暗く長い道を見つめながら、他の道を歩く方法さえわからないときの孤独。

たぶんそのころの僕はいつも怒っていたように思う。演劇やら音楽やら美術やらの端っこにいた僕は、大作を発表して喝采を浴びる友人たちと会うたびに、表向きはニコニコして、すばらしいね、おめでとうと声を掛け、そうして腹の中では醒《さ》めた目で彼らの作品をけなし、どうして誰も僕を見つけてくれないのか、どうして僕には何の機会も与えられないのかと、心の中で叫び声をあげていた。金さえあれば僕だってと口にしたこともあったが、それは言いわけに過ぎなくて、どれほどの大金があってもたぶん僕にはできなかったし、むしろ大金を理由にますます何もやらなくなっただろうと思う。


大金は人を変える。目の前に大金を置かれると人は変わってしまうことがあると僕は知っている。もちろん、どのくらいの金額を大金と感じるかは、人によってそれぞれ違っているだろうが、人は案外お金に脆いということは知っておいたほうがいい。

音楽業界では別に珍しくもない話で、売れた途端に生活ががらりと変わり、売れなくなると一気に荒《すさ》んで性格まで変わってしまったなんてアーティストはいくらでもいる。

僕だって同じようなもので、目の前に大金があればどうなるかわからない。いや、僕はまちがいなく転ぶ人間だ。だから、役人の汚職なんかをニュースで見ても、そりゃあもちろん悪いことだし、法を犯しているのなら責任を取るべきだとは思うものの、それ以上はあまり責め立てる気になれないのだ。人間とはそんなものだと思う。

大きな交通事故に遭い、僕は長らく入院することになった。詳細は省くけれども、事故の相手は一切の保険に入っておらず、僕はどこからも補償を受けられないという状況だった。

一生車椅子に乗ることになるかもしれないと言われていたし、どこまで治るかもわからなかったが、少しでも治して社会復帰する以外に道はなかった。僕は理学療法士の先生に、どれだけ痛くても構わないからやれるだけのことをやって欲しいと頼み、空いている時間はずっと自主的にリハビリを続けた。いろいろな人に相談し、考えられる限りの方法を試した。

僕と同じ病室には、同じ時期に同じような事故でケガをした一人の患者がいて、年齢も僕とそれほど変わらなかった。僕との一番の違いは、彼の事故相手は大きな企業の役員で、きちんと補償してもらえるということだった。

「休業補償も含めて、二億は堅いですから」

大部屋でそういう話をするのもどうかと思うのだけれど、弁護士の言葉が僕の耳に入った。

「後遺障害が重ければ重いほど慰謝料の額は増えますから、今はあまりリハビリをしないようにしてください」弁護士はそう勧めていた。

「和解したあと、一気にやればいいんですよ」

なるほどそういうものなのかと思いつつも、僕にはまるで関係のないことだった。僕には何の補償もない。ひたすらリハビリをするしかなかった。

彼は莫大な補償を手に入れたけれども、症状はその後あまり改善しなかったと聞いている。リハビリには適切な時期があって、その時期を逃してしまえば治るものも治らなくなるのだ。

彼は大金を選んだ。それで彼は満足したのかもしれない。そして、それが彼にとって本当に正しい選択だったかどうかはわからない。運が悪いことに僕には何の補償もなかった。でもそれは本当に運が悪かったのだろうかと僕はふと思う。僕だって彼と同じような状況であれば、大金を選んでいたかもしれない。いや、選んでいただろうと思うのだ。

自分がどうするかは、その場になってみないとわからないけれど、たいていの場合において僕は易きに流れる人間だという自覚くらいはある。

あの日、成人式の衣装に身を包み、キラキラと輝いていた彼らの様子をぼんやり見ていた僕に、先輩がハイライトを一本渡してくれた。僕はゆっくりと火をつけて深く紫煙を吸い込み、思い切り煙を吐いた。煙はその場に留まることもなく、すぐに澄んだ冬の空気の中へ溶けていった。どうにも立ち直れないほどの悔しい気持ちと、根拠のない優越感が混ざって、僕は彼らから目をそらした。僕はお前たちとは違うんだ。自分の力でなんとか生きているんだ。

でも、本音を言えば、やっぱり悔しかった。きっと僕は、また深夜にこの繁華街を歩くのだ。彼らのことを忘れるために。自分の不甲斐なさから逃げるために。

成人式が来るたびに、僕はあの日のことを思い出す。金もなく未来もなく、どうしようもなかった日々のことを。きっと今日もまた日本中に、あの日の僕と同じような気持ちを抱えている若者がたくさんいるのだろうと思い、どこか切ない気持ちになる。

もしもあの日、僕に金があったらどうしていただろうと考える。晴れ着で街を歩いただろうか。僕は自分のその姿をどうしても想像することができずにいる。そしてあの日、晴れ着を着ていた彼らだって、きっとそれぞれの場所で苦しみもがいていたのだとやっと気づく。笑顔の下には不安と迷いがあったのだろうとようやく想像する。

結局のところ人生のほとんどは運で、それは理不尽で不公平で、ときにやるせないほどの残酷さを伴って訪れる。失敗のない人生などないし、ほとんどの人生は失敗の連続だけれども、運に左右されるからこそ失敗続きの人生には驚くようなことも起こるのだ。

予想しているとおりの未来など来ないとわかっているのに多くの人は未来を予想して、やがて訪れる未来とのギャップに苦しむ。だから僕はもう予想をしない。ただ自分がどうありたいかを忘れず、そこへ近づこうと願いながらも、深夜にこの繁華街を歩いている自分こそがまぎれもない自分自身なのだと、どこか諦めと共に受け入れるだけだ。

なりたかった自分になれないまま生きていく。それが生きていくということではないのだろうか。だからこそ人生は面白いのだと、あの日から数十年を経た今、僕はそんなふうに思うのだ。そして、今そう思えるのは、まちがいなく僕が幸運に恵まれていたからなのだということを、けっして忘れてはならないとも思っている。

祖父曰く……

「ええか。人という字は人と人が支え合ってるんやない。あれはな、一人の姿や。騙されたらあかんで」

交渉

祖母が亡くなったのは、もうずいぶんと昔のことだ。東京から交通機関を乗り継いでおよそ五時間。久しぶりに帰った実家の居間には小さな木製の祭壇が置かれ、白い花がいっぱいに飾られていた。シンプルで祖母っぽいなと僕は思った。こんなことでもないと僕は実家に帰らない。そして、もっと頻繁に帰っていればと、いつも後悔する。

「もう、大変だったのよ」と台所で母が言った。どうやらここに至るまでには葬儀社と祖父との間で相当なやりとりがあったらしい。

祖父はケチな人だった。ものごとに対する姿勢や目的がはっきりしていて、それは大正生まれの機械エンジニアらしい合理性だったのかもしれないが、周囲からは、やっぱりただのケチな人にしか見えていなかった。

そもそも病院から家へ祖母を連れて帰るのに、祖父は「霊柩車なんかアホらしい。営業用のバンがあるから自分で運ぶ」と交渉したらしい。葬儀社の人から「何かあってはいけませんから」と説得され、祖父は「だったら一番安い車を」と指定した。

「祭壇は要らない、花も要らない」と祖父は言い切った。棺も適当な入れ物があれば段ボールでも何でもいいと言い出して周囲を慌てさせた。

母が「せめて花だけは」と、なんとか祖父を宥《なだ》めすかし、いちおう小さな祭壇と花が置かれた。僕が帰ったのはちょうどそういう一連のやりとりが終わったあとだった。「本当に酷い」と母は言った。「ケチなのは知っているけれど、何もあそこまでしなくても」と怒っていた。

葬式は家族だけの本当に質素なものだった。お坊さんとの面識はなかったが、僕と同じ高校の先輩だとわかって、もう完全に身内だけが集まっているような気分になった。

準備を進めている間も、祖父は金が掛かるとブツブツ言い続け、それは僕たちが出すからと言っても「そういうことやない」と言う。「死んだ者に金を出す必要なんかあらへんのや」

故人の死を悼むのは、実は生きている者を慰めるための行為なのだと割り切れば、祖父の言い分がわからないでもない。でも、何十年も連れ添った祖母に対して、最後にそういうことを平気で言える祖父のことを僕はよく理解できなかった。

「ちょっと」と母に呼ばれた。「お爺さんにお布施はいくらだって聞かれたのよ」

僕だって葬儀に参列したことはあるが、身内の葬式を出すのは初めてだからわからない。

「いくらくらい包むものなのかしら」そういうことは葬儀社の人に聞けばいいんじゃないのか。

ふと居間を見ると、祖父がお坊さんに近づいていた。あ、まさか。

「お布施はなんぼ払わないかんの？」

いやいやちょっと待ってよ。そういうのはこっちで相場を考えて包むものだからさ。そのために葬儀社の人だっているんだから。

お坊さんは少し困った顔をして「それはもう、皆様のお気持ちしだいですから」と言う。

うん、そりゃそうだよ。他に答えようがないだろう。

「あのですね」祖父はお坊さんを見た。「お経、半分でいいですわ」

待て待て待て、なんだその交渉は。ケチにもほどがあるだろう。お経を半分って、そんなの聞いたことないぞ。

「そうですか」お坊さんは静かに首を傾《かし》げてから答えた。「お経というものは、最初から最後までお唱えをして初めて意味を持つものですから、半分というわけにはいかないのです」

「そしたらですね」祖父は諦めていなかった。「小さい声で頼みますわ。できるだけ小さい声で」

僕はひっくり返りそうになった。コントかよ。声の大きさでお布施の金額が変わると思っているのか爺さんは。もう何を言ってるのかわからない。勘弁してくれ。

「すみません、すみません」僕たちは祖父をお坊さんから無理やり引き離した。「今のは聞かなかったことにしてください」

「いえいえ」お坊さんは冷静な態度を崩さない。

こうして、ようやく読経が始まった。お坊さんの声は一定のリズムを刻みながら、大きくなったり小さくなったりしている。ときどき読経の声がふっと静かに止まり、ほんの少しだけ沈黙があって再び読経が始まる。声の大きさが変わったり読経が途切れたりするたびに、僕はさっきの祖父の得体のしれない交渉を思い出して、ついニヤニヤしてしまう。どうやらみんなも同じことを考えていたらしく、肩を震わせている。ああ、もう我慢できない。僕は居間を出た。あはははは。そのまましばらく廊下にいると、みんなも次々に廊下へ出て来て大笑いを始めた。笑ってすっきりしたので居間へ戻るものの、やっぱりまた笑いを抑えられなくなる。結局、最後まで誰かがずっと笑いっぱなしの葬式になった。

「こういう身内だけのお式、とてもいいですね」葬儀が終わったあと、お坊さんは言った。

「本当にいろいろと失礼をいたしました」

「いいえ、なかなか斬新なお爺さまですね」

「お恥ずかしい限りです」

「ご参列された方が、皆様お笑いになる。こんな楽しい式はなかなかありませんよ」

確かにそんな葬式に僕は出たことがなかった。まあ、祖父はそんなことを考えて交渉したわけじゃないのだろうけれども。

祭壇に飾られた写真の中では、祖母が穏やかに笑っていた。この祖父と何十年も連れ添った祖母は祖母で、やっぱり只者じゃなかったんだろうな、と僕は思った。

ひと言の呪縛

五百人近くいる同じ学年の生徒を成績順に並べて、一番上から四十五人を、一番下から五人を選び、その五十人を一つのクラスにする。高校時代に僕のいたクラスはそんな感じだった。もちろん一番下から選ばれた五人のうちの一人が僕だ。授業にはさっぱりついていけず、だからといって、ついていこうという気もなかった。授業中は隠れてこそこそと本を読んでいるか寝ているかのどちらかで、早く授業時間が終わることばかりを願っていた。

同級生はみんな頭がいいだけでなく勉強そのものが好きなようだった。毎回のように赤点を取って、それなのに平気な顔をしてヘラヘラ笑っている僕のことを、どこかおかしいと思っているような節があった。たぶん僕は浮いていた。

その日も僕は、相変わらず授業を聞くふりをしながらぼんやりと窓の外を眺めていた。現代社会の授業だった。教室の窓から見える中庭には初夏の陽射しがたっぷりと注がれて、木々の緑も花の赤も色濃いのに、なぜか教室の中は薄暗く、僕には灰色の世界にしか見えなかった。

「この問題を扱った小説があるんですが、知っていますか」

遠くで響いていた先生の声の中に、小説という単語が紛れ込んだ気がして、僕は首を回した。

「わかる人はいますか？」誰も答えようとはしない。

それにしても、現代社会の授業で小説という単語を耳にするとは思わなかった。先生と目が合う。やばいと思った瞬間、先生は僕を指した。

「えっと」僕はしどろもどろになった。そもそも質問を聞いていないのだ。

「減反政策と農作物転換の問題を扱った小説です」先生は言った。

「ああ。だったら、井上ひさしの四捨五入殺人事件ですか」

「お、そうです」先生は少し驚いたような顔を見せた。

それは本当に偶然だった。そのころ僕はちょうど井上ひさしに夢中で、手に入る文庫本を片端から読んでいるところだったのだ。

「うん。君はよく読んでいますね。すばらしい」先生はそう言って僕を座らせた。

同級生たちは不思議そうな顔をしていた。落ちこぼれのクラスメートが教科書にも参考書にも載っていない質問に答えたのだ。しかも先生に褒められている。

その日を境に、同級生たちの気配がほんの少しだけ変わったような気がした。勉強はできないが、本だけはやたらと読んでいるやつ。そんなふうに認識してもらえたように感じた。

「君はよく読んでいますね」

僕は自分が勉強もせずに本ばかり読んでいることに、どこか劣等感を抱いていたのだけれど、そう言われることで救われたような気がしたし、先生の期待に応えるために、もっと読まなければならないような気もして、僕はますます本を読むようになった。

誰かに言われたひと言が、そのあとの自分のふるまいを変えてしまうことがある。

これもたぶん僕が高校生のときだったと思う。その前後にどんな会話をしていたかは記憶にないのだが、ある日、祖母が不意に「あんたは優しい子だから」と僕に言ったのだった。

自分で思うに、僕はそれほど優しい人間ではないし、人に対してとても冷たくふるまうこともあるから、いったい何を見て祖母がそう言ったのか、僕にはまるでわからなかった。そのころ祖父母は、僕の家から車で小一時間ほど掛かる所に住んでいて、毎日顔を会わせるわけではなかったのだけれど、僕はときどき学校の帰りに祖父母の家に寄って他愛のない話をしながらお茶を飲むことにしていた。でもそれは、たいていは小遣をもらうことが狙いで、だから僕は祖母のひと言に困ってしまった。

どうして祖母が急にそんなことを言ったのかは今でもよくわからないが、レッテルというのは恐ろしいもので、実際の僕がどうあれ、ともかくそう言われると、優しい子でいなければならないような気がしてくる。

立場が人をつくるというほどの話でもないが、あのとき祖母の言った「あんたは」のひと言は、それからの僕を少しだけ変えたように思うのだ。人は誰かに期待されると、そのとおりにふるまおうとする。僕は少なくとも祖母の前では優しい子でいようとした。


一枚のCDがずっと手放せずにいる。かつて僕がレコード会社で働いていたときに、初めて自分一人で「OK」を出した曲が、このCDには収録されている。

「俺、現場が同時に三つあるんだ」その日、先輩のディレクターが僕に言った。「だから、俺の代わりにこのスタジオに入ってくれ。作業はもうほとんど終わってる。あとはギターソロを録ってミックスするだけだから。俺もあとから行くからさ」

まさかの展開だった。まだ右も左もわからず一人では何もできないのに、僕はレコード会社の人間として、そのスタジオへ行くことになった。スタジオにいるスタッフは誰も僕のことを知らなかったし、僕だって彼らのことをまるで知らない。それでも彼らは僕を最終決定権者として迎える。僕の言うことがすべてなのだ。

「どうですか?」録音が無事に終わって、音のミックス作業も終盤に差し掛かったところで、レコーディング・エンジニアが僕に尋ねた。今まで先輩について何度も見てきた場面だった。レコード会社の人間としては、ここで最終的な判断をしなければならない。このまま完成させていいのか。それとも何か注文をつけて修正してもらうのか。

「ちょっと待ってください」僕はエンジニアに断って先輩に電話を架けた。

「いつ来られますか。もうミックスが終わりそうなんです」

「悪いけど、こっちはまだ動けないんだ。お前の判断で決めてくれ」先輩はそう言った。「お前がディレクターだから」

そんな。まさか僕が決めるのか。いきなり渡された大きな権限に、僕は戸惑った。

「もう一度、最初から聴かせてください」

大きなミキサー卓の前に座るエンジニアがスイッチを押すと、壁に埋め込まれたスピーカーからイントロが流れ始める。どうもエコーが掛かり過ぎているような気がする。ベースが大き過ぎないだろうか。Bメロに一か所、ボーカルの聞き取りづらいところがある。いろいろなことが頭の中を駆け巡って、脳が熱くなってくる。

「すみません。もう一度、聴きます」僕は目を閉じて必死で聴いた。やっぱり、どうしても気になる場所があった。僕はゆっくりと顔を上げた。

「どうです？」エンジニアが再び尋ねる。

「いいんじゃないかなあ」編曲家が大きく伸びをしながら言った。もう十時間以上もここで作業をしているのだ。あきらかに疲れた顔をしていた。隣でギタリストが何度もうなずく。

僕はスタッフたちを交互に見た。やっぱり、あそこのエコーだけは下げてもらいたい。そう指示しようとして僕は躊躇《ちゅうちょ》した。もしも僕の考えがまちがっていたらどうする。ここにいるのは全員がプロだ。僕みたいな青二才の言うことより、ここにいる人たちがこれでいいと思うものをそのまま形にすればそれでいいんじゃないだろうか。僕が何か言ったら、こいつはわかっていないと馬鹿にされるんじゃないだろうか。下手なことは言わず、ただプロの仕事に任せればそれでいいんじゃないか。

音の消えたスタジオで全員が僕を見る。じっと見つめる。もし僕が何か言えばミックスをやり直すことになるのだ。僕のひと言ですべては決まるのだ。

「ＯＫです」僕はそう言った。「これで落としてください」

レコーディングスタジオの中に安堵の気配が広がり、その曲はマスターテープに収録された。テープに録音されていく音を聴きながら、僕はすでに後悔していた。

まちがいなくボーカルにはエコーが掛かり過ぎているし、ベースの音も大き過ぎた。それなのに、どうして僕ははっきりそう言わなかったのだろう。僕はいったい何を躊躇《ちゅうちょ》したのだろう。

今ならわかる。僕は逃げたのだ。自分で判断すること、自分で責任を負うことから逃げたのだ。僕のせいで新しい作業が発生することを恐れたのだ。疲れているスタッフたちのうんざりした表情や、あからさまな溜息から逃げたのだ。作品の完成度よりも、その場にいる人たちに好かれることを選んだのだ。

スタジオを出る前からもうわかっていた。僕は失敗したのだと。

できあがった曲を聴いた先輩は「うん。俺はお前に任せたから」と言った。「お前がディレクターだから」

僕は何も言えなかった。でも、そのミックスがおかしいことは誰の耳にもあきらかだった。先輩がそのとき何を思ったかは僕にはわからなかったし、できればわかりたくなかった。

今でも僕はこの曲をときどき聴く。けっして出来がいいとは言えないこの曲を。そして自分で何かを決めなければならなかったときに、本当に感じていることを言わなければならなかったときに、自分が逃げたことを思い出す。

「お前がディレクターだから」という先輩のひと言は、すぐその日には役立たなかったけれども、しばらく経ったのちに、僕にある種の覚悟のようなものを与えてくれた。

人は任されることで成長する。期待されることで新しいふるまいを身につけていく。

自分がどんな人間なのかは、今でも僕にはよくわからないけれども、たくさんの人たちから受け取ってきた「君は」「あんたは」「お前が」が、今の僕をつくってきたのだと思っている。

一方で、それはある種の呪縛でもある。自分自身にレッテルを貼り、自分はそういう人間なのだと決めつけ、自由に動くことを妨げる枷《かせ》のようなものでもある。それでも、その枷があることで、僕は最後の最後で迷わずにいられるのだ。

僕をつくってきた数多くのひと言の中でも、「あんたは優しい子だから」という祖母のひと言は、あれから三十年経った今も、ことあるたびに記憶の中からゆらりと立ち上り、何かにつけて迷う僕に、どのようにふるまうべきかを示してくれるような気がしている。

あなたの笹の葉はどこから?

私はパンダの尻から。

宿泊先に異常なし

ここ数年、僕はかなりよく旅に出ている。もともと僕は家にいるのが大好きだし、できれば家から一歩も出たくないとさえ思っているのに、ひょんなことから旅に出ざるを得なくなり、ときには何週間にもわたって旅暮らしを続ける羽目に陥るのだから、本当に人生というのは思いどおりにならないものだと思う。

旅といえば、どんな宿に泊まるかを最大の関心事にしている人は少なくないし、僕の周りにも、やれあのホテルがこの旅館がとあれこれうるさく言う人もいるが、僕自身はあまり宿に興味がない。もちろん広くて清潔で快適で安全で安価ならそれに越したことはないと思っているし、そういう宿や部屋に行き当たれば嬉しいが、普通に過ごせれば、まずは合格ということにしている。というのも、世界には普通に過ごせない宿がそれなりにあるからだ。

1. 宿そのものがデタラメな場合

フランスのカンヌといえばお馴染みの国際映画祭。映画祭の期間中は、ホテルもアパートも値段が跳ね上がってけっこうな金額になるというのに、僕の借りたアパートは会場からほど近いところにあるわりにはそれほど高くなかった。ネットで探して見つけた物件は、写真を見る限り、陽の差し込む部屋は明るくて清潔だし、ベッドルームは一つだけれども、置かれているベッドは大きそうだった。ライティングデスクがあり、ワイファイも完備されていて、仕事をするのにも差し支えはない。問題はバスタブがなくシャワールームだということくらいだ。たいした問題じゃない。すぐに僕はここを借りることにした。

こうしたアパートを利用する場合、通常はクレジットカードで支払うことが多いのだが、このアパートのオーナーは事前に送金しろだの契約書にサインしろだのと言うので、ちょっとばかり面倒だなと思っていた。その時点で怪しいと気づけばよかったのだが、泊まれさえすればいいからと、いちいち細かく確認しないのが僕のいいところでもあり悪いところでもある。

コートダジュール空港から乗ったタクシーが僕を運んだ先は、一階がまるごとレストランになっているビルだった。店の前の道にはテーブルと椅子がずらりと並べられ、オープンカフェになっている。たぶん映画祭の関係者たちなのだろう。到着したのが夜遅い時間ということもあって、ワインを飲みながらみんな楽しそうに談笑していた。

あらかじめ聞かされていた番号に電話を架けると、すぐに鍵を持った管理人がおんぼろの日本製スクーターでやって来た。

「こっちだよ」管理人はレストランの奥を指さした。困惑する僕を尻目に、彼はレストランの脇にある小さなドアを抜けて中へ入っていくから、慌ててついて行くと小さなエレベーターホールに出た。エレベーターの反対側の壁には金属製の郵便受けがずらりと並んでいる。どうやらビルの二階から上は一般の住居になっているようだった。僕の部屋は何階ですかと聞く前に、彼は郵便受けのすぐ横にあるドアを手で示した。

「ここ」

言われるがまま僕は鍵穴に鍵を差し込んでガチガチと二度回し、ドアノブに手をかけた。押しても開かない。まさかと思って引いてみる。ヨーロッパではたいていのドアは内側に開くから、少し奇妙な感じがした。

「とても小さな部屋なんだ。ごめんなさい」ドアが開き切る前に管理人がポツリと言った。

「え？」部屋の中へ一歩足を進めた僕は目を疑った。写真と全然違うじゃないか。掃除用具置き場だと言われてもそれほど驚きはしない。

六畳ほどのワンルームには、キッチンとシャワールームが強引に備えつけられていた。壁に張りついている板を倒すと、それがそのままライティングデスクに早変わりする仕組みになっている。なるほど、上手く工夫しているなあ、なんて感心している場合じゃない。

天井近くに細長い窓はあるが、その窓の外には車のタイヤが並んでいた。ビルの裏側から見ると、ここは地下なのだ。

「そうだ。ベッドは？」あの大きなベッドはどこにあるのだ。管理人は得意そうな顔でライティングデスクを畳んでソファに近づくと、いきなり座面の後ろ側に手を突っ込んだ。ガシャンという金属音を立てて、ソファの中から折り畳まれたマットごとベッドが引き出される。ずっとソファの中にいたのだろう。ゴキブリがマットの上を走って壁際へ逃げて行った。

「写真と違う」僕は管理人に言った。

「私は管理人ですから」取りつく島もなかった。彼は申しわけなさそうに軽く肩をすくめ、スクーターに乗って帰って行った。

あれこれ考えるのはあと回しにして、僕はどうしてもその日の深夜までにやらなければならない仕事に取り掛かることにした。ベッドをソファの中へ畳み、ライティングデスク代わりの板を開いて、パソコンを載せる。電源を入れてメールソフトを立ち上げた。

ところが、どうやってもネットに繋がらないのだ。部屋にあったメモに書かれている接続先とパスワードを入力するのだが、なぜかエラーが出てしまう。途方にくれた僕はさっきの管理人に電話を架けるが、出てはくれない。こうなったらオーナーに直訴だ。僕はオーナーの携帯電話にメッセージを送って返事を待った。

「わからないので、明日、調べます。オーケー」

いい加減な返事だった。何がオーケーなんだ。ぜんぜんオーケーじゃないぞ。

ともかく仕事を終えなければ。僕はアパートを出て歩き始めた。アパートから数分歩くと海岸に出る。夜の海は静かで波もなく、沖に浮かぶ大きな客船の明かりが海面に映っていた。

海岸沿いの公園で見つけた無料のワイファイでなんとかその日の仕事を終わらせ、アパートへ戻ると午前二時を回っていた。レストランも閉店していて、道路いっぱいに広げられていたテーブルや椅子は跡形もなくなっている。壁に取りつけられているレストランの大きな看板を何気なく見て、僕は驚いた。渡されているワイファイの接続先と同じ名前がそこにあった。

部屋に完備されているはずのワイファイは、実はこのレストランのもので、オーナーがそれを勝手に使っていたのだ。そして、レストランがパスワードを変更したために、渡されたパスワードが使えなくなっていたのだ。なんともメチャクチャな話だった。

「パスワードはわかりましたか」翌日、僕は素知らぬ顔でオーナーにメッセージを送った。

「まだわかりません。調べます。オーケー」

他人のネットを勝手に使っているのだから、調べるも何もありゃしないだろう。

僕は朝食をそのレストランで摂ることにした。

「ここ、ワイファイあります？」携帯電話で何かを見ているふりをして、さりげなく聞く。

「ありますよ。これがパスワードです」店員に教わったパスワードを入力するとあっさりネットに繋がった。食事を終えて部屋に戻ったあともちゃんと繋がっている。とはいえ、店で食事をしているときならまだしも、他人のネット回線を勝手に使うのは気分が悪いし、まちがいなく犯罪行為だ。その日、僕はカンヌの駅前にある携帯ショップで現地の回線を申し込んだ。

ワイファイ完備なんて嘘じゃないか。僕はオーナーをそう問い詰めて、値引き交渉をする気でいた。ワイファイだけでなく、とにかく何もかもが看板に偽りありの酷い部屋だった。小さな窓からは光が入らず、その代わりに車の排気が流れ込んで来るものだから、しかたなく窓を閉めると地下だからなのか湿気が酷かった。

何よりも辛かったのは音だ。壁一枚を隔てた向こう側はレストランの調理場になっていて、タンタンと何かを包丁で切ったり、ザザーッと炒めたり、キンキンと金属やガラスのぶつかったりする音が早朝から深夜まで鳴り止まないし、酔った客の声もなかなか煩《うるさ》かった。

さらに僕の真上の部屋は映画祭関係者が借りてパーティでもやっているのか、毎日夕方になると大騒ぎが始まって、わざとやっているのかと思うような大きな足音と音楽が鳴り響き、明け方までそれが続いた。

なんとか二週間近くがんばったのだけれども、昼も夜も煩くて、こうなるともう原稿もさっぱり進まない。さすがに耐えられなくて、僕はついに別の部屋を借りることにしたのだった。

「パスワードわかりました。オーケー」

管理人に鍵を返して新しい部屋へ移ってから、そのメッセージは届いた。

2. 宿を取り巻く状況がおかしな場合

韓国の釜山へはテレビ番組の収録で訪れた。落語家と俳優が一週間、海外の部屋を借りて同居するという企画の番組で、二人の借りた部屋も、繁華街の裏路地にあるエレベーターのないビルの五階というなかなかたいへんなところにあり、ただ出入りするだけで息が上がってしまうような場所だったのだけれども、その近くに僕が借りた部屋もまさかの物件だった。

メモに書かれた住所を頼りに目的のアパートへ向かうのだが、どうしても見つけることができない。いつものごとく、またしても迷ってしまったかと、僕は携帯電話の地図アプリを開いて飲食店やバーが軒を連ねる道を何度も行ったり来たりする。十二月下旬の釜山はかなり寒い。うっかり薄着で現地入りした僕は歯の根をガチガチ鳴らしながら、すっかり暗くなった釜山の繁華街でアパートを探し続けていた。

「あそこだよ」と教えてくれたのは若い男性のグループで、彼らの指さしたやけに細長いビルでは、屋上に取りつけられた照明から伸びる光が空に向かってクルクルと回転していた。

「カムサハムニダ」と僕が礼を言うと、男性たちはニヤリとした。

なかなか部屋が見つからなかったのにはわけがあった。僕が借りたのは、いわゆるラブホテルの一室だったのだ。国際的な部屋探し専門サイトで見つけたアパートだったので、まさかそれがラブホテルだとは思わなかったし、そもそもラブホテルをそんなふうに長期間貸し出すとも思っていなかった。男性たちがニヤリとしたのはそういうことだったのか。

ホテルに入ると受付の小さな窓があって、おばさんがこちらを覗き込んでいた。

「アニョハセヨ」

今日から部屋を借りると告げるのだが、どうも上手く伝わっていないようで、おばさんは怪《け》訝《げん》な顔をしている。確かにスーツケースを二つも抱えてラブホテルに来る客はあまりいないだろう。おばさんは英語も日本語もわからないようだし、僕は韓国語ができない。これは困ったなあと思っていると、自動ドアが開いて若い男女が入ってきた。ああ、助かった。

「すみません。英語はできますか？」いきなり僕が尋ねると、二人はちょっと驚いたような顔を見せた。そりゃまあ、ラブホテルの出入り口でスーツケースを抱えた男に突然声を掛けられたら困惑するはずで、しかも、二人はその、そういう状況なわけですからね。

ともかく彼らが通訳をしてくれたおかげで、僕は無事に部屋を借りることができたのだった。

鍵をもらって部屋に入った僕は思わず笑いそうになった。確かに広くてきれいな部屋だが、大きな湯船のある風呂場はガラス張りで丸見えだし、天井には鏡が張られている。そして回転する丸いベッド。ああ、僕はここで二週間も過ごすのか。ここで番組の撮影素材を見たり、まじめな原稿を書いたりするのか。考えるだけで頭がクラクラする。

それでも人間とは慣れるもので、三日もすると、もうずっとここで暮らしていたかのように思えてくるから不思議だ。眠るときに天井の鏡に自分が映っているのも気にならなくなる。

一日に何度も出入りするものだから、受付のおばさんともすっかり仲よくなってしまって、ちょっとしたお菓子だのコーヒーだのをもらうようになった。代わりに僕は取材のお礼として日本から持っていったお土産を渡した。

「アニョハセヨ」

「グッドモーニング」

僕が韓国語で挨拶をすると、おばさんは英語で挨拶を返してくれるようになった。どうして日本語じゃなくて英語なのかは謎だった。

番組の撮影は大詰めを迎え、そろそろ撤収を考える時期が来た。翌日の段取りを確認したあと、みんなで飲みに行くというスタッフたちと別れて、僕は一人で部屋へ戻ることにした。

もうすっかり体に馴染んだ繁華街に入って路地を曲がると、道沿いにカップルがずらりと並んでいる。行列は路地の奥まで続き、僕の借りているラブホテルの前で終わっていた。

並ぶのか。僕は驚いた。クリスマスイブの夜とはいえ、韓国の若者はラブホテルに並ぶのか。

ともかく僕は自分の部屋に帰りたかった。もうすっかり疲れているのだよ、おじさんは。いちゃつくカップルの行列を横目に僕はラブホテルの入り口へ進み、そのまま中へ入ろうとした。

「アンデ、アンデ！」

入り口近くにいた若者が声を荒げた。いやいや、僕は順番を抜かしたわけじゃないんだよ。

ここに住んでるんだよ。笑顔で通り抜けようとすると、ぐいと肩を掴まれる。

「アンデ！」

何人もの男がこちらを睨《にら》んでいた。どうもみんな気が立っているようだ。女の子たちはみんなスマホをいじっている。まいったな。

「グッドイブニング！」受付の窓に向かって僕は言った。

「グッドイブニング」おばさんが顔を覗かせてニコリと笑い、ほら先に行きなさいというように手を振ってくれた。それを見た行列の男たちが、不思議そうな顔になる。

僕は急いで奥へ進み、ちょうど扉が閉まりかけていたエレベーターのドアに手をかけて強引に乗り込むと、行き先のボタンを押した。先に乗っていたカップルが僕から目をそらすように顔を横に向ける。

「ハイ、メリークリスマス」なんとなく気まずくなってそう言ったものの、あっさりと無視された。そう、ラブホテルのエレベーターでは挨拶などしなくてもいい。

ようやく自分の部屋に戻ると飾りつけがしてあった。机が銀色のモールで縁取られ、小さな鉢植えの木が置かれ、その木に何重にも巻かれた電飾がゆっくりとピンク色の点滅を繰り返していた。枕のそばにはクマの人形が二つ並んでいた。どうやらこれもクリスマスの飾りつけらしいのだが、サンタでもトナカイでもなくクマだった。どうしてクマなのかはわからない。焦げ茶色をしたクマの人形は、二体ともぼんやりと天井を見上げていた。天井の鏡にはクマと僕が映っていた。

クリスマスイブの釜山。妙に艶めかしいラブホテルの一室で、僕は辛いカップ麺を食べた。

3. もはや、酷い宿だとかそういう問題ではない場合

キューバで借りられるアパートは限られている。様々なことがらが制限されている社会主義国で外国人向けのアパートを所有できるのは、それなりの地位や資産のある階層に所属している人たちだけだ。そのアパートの持ち主は、気さくな感じの若い女性だったが、アメリカの大学を卒業したあと、友人と起こした事業で資金を稼ぎ、故郷のハバナにアパートを所有したというバリバリのビジネスパーソンだった。

借りたのはもともと彼女が住んでいた部屋で、家具やちょっとした小物などのインテリアもお洒落なものばかりだった。彼女自身はもっと高級な物件を手に入れたので、そちらへ移り、今はこの部屋を貸しているのだという。かなり広い2LDKには、エアコンもシャワーも完備

されていて、天井にはシーリングファンが回り、キッチンも使いやすかった。

「何かあったらいつでも電話してね。ショートメッセージでもいいわよ」部屋の設備をひととおり説明してくれたあと、彼女は僕に携帯電話の番号を書いたメモを渡してくれた。

「私が来られないときには友人を寄越すから。こっちが彼の番号」僕はもう一枚メモを受け取り、どちらも手帳に挟んだ。

外は茹《う》だるような暑さだったが、部屋の中は快適だった。昼間に市場で手に入れた食材で料理をし、撮影に関わらない日はひたすら原稿用紙に向かう。いろいろ厳しい国だと聞かされていたから、アパートもかなり酷いのだろうと覚悟していただけに、この快適さはありがたかった。ずっとこの部屋にいたかった。

突然ドアが激しく叩かれたのは、滞在してちょうど一週間くらい経った日の夜中だったと思う。キューバにいる間にどうしても小説を一本仕上げる必要があり、僕は遅くまで起きていた。いったい何なのか。僕は入国するときにすでに散々な目にあっている。慣れない国で、もうこれ以上ややこしい面倒はごめんだ。

「はい？」恐る恐るドアに近づき僕は小さな声を出した。

ドアの外で男性が何やら叫んでいた。他の階の住人が酔っ払って部屋をまちがえているのだろうか。状況はわからないが、とにかくこんなのに関わり合っちゃまずい。僕はそのままそっとドアを離れようとした。

不意にルチアナという単語が耳に入った。このアパートのオーナーの名前だった。もしかして彼女の友人なのだろうか。

「ルチアナ？」

「ルチアナ！」

僕はチェーンをかけたままそっとドアを開いた。ドアの隙間から襲われることはないだろう。住民どうしでの監視と公安への密告が推奨されているので、キューバの治安は悪くないのだ。薄暗い廊下に男性がぬっと立っていた。肌の色が黒いので目だけがギョロッと光って見える。

「スィ？」

男性は僕を見てギョッとしたような表情になり、いきなり僕に向かってスペイン語で何やら捲《まく》し立て始めたのだが、僕はスペイン語がわからない。

男性は眉間に皺《しわ》を寄せ、ルチアナという単語を繰り返した。どうやら彼女に用があるらしい。チェーンを外してドアを開くと、彼は僕を押し倒すような勢いで部屋の中に入って来た。そのままツカツカと奥のリビングへ向かい、興奮した口調でルチアナと叫び、部屋の中をキョロキョロ見回してから、僕のスーツケースを指さした。

「そう。それは僕のです」僕は自分を指さしてうなずいた。

「ルチアナ?」男性が僕を睨《にら》みつける。僕よりもひと回り大きく、やけに腕が太かった。もしも殴られたら大怪我をしそうだ。

「えーっと、エラ、ノ、エスタ」彼女はここにはいないと伝えたいのだが、単語がわからない。

彼がまた何やら早口で叫ぶ。かなり怒っているようだった。

「ツリスタ」僕はもう一度自分を指さした。私は旅行者です。

「エスウステドントリスタ?」男性はもう一度僕を睨んだ。

「スィ、スィ。ソイ、ツリスタ」なんなんだよ。勘弁してくれよ。

それを聞いて、ようやく男性は落ち着きを取り戻したようだった。お互いに拙い英語とスペイン語を使ってどうにかこうにか状況を把握する。

どうやら男性はルチアナの元カレで、なんとか縒《よ》りを戻したいと彼女の家を訪ねて来たのだった。そうしたら、見知らぬ男が出てきたので興奮してしまったのだと言う。

「お前、男。気持ち、わかる」悲しそうな顔をして彼は首を振った。

いやいやいや。キューバの常識は知らないけれども、こんな深夜にいきなり女性の家を訪ねる時点でかなり問題があるし、そういう人だから彼女は別れたんじゃないのだろうかと僕は思ったのだが、さすがにそれは怖くて言えない。

「スィ、スィ」とりあえずうなずく。

「ヌメロデテレフォノ」

待ってくれ。彼女の携帯電話の番号を教えろというのか。それは無理だ。無理ですよ。

「ノ、ノ」

「ヌメロ」彼は泣きそうな顔になっていた。さっきまでの怒りはどうしたんだ。感情の振れ幅が大きすぎないか。これがラテンなのか。

彼は電話番号を教えるまでは帰らないという雰囲気を全身に纏《まと》っていた。そして僕はだんだん面倒くさくなっていた。なんで部屋を借りただけで痴話喧嘩に巻き込まれなきゃならないのか。もうどうでもいい。彼にはさっさと帰ってもらって小説の続きに取り掛かりたかった。僕は手帳に挟んであったメモを取り出した。彼女の友人の番号だった。

「スィ」メモを渡した。

男性は目を丸くしてメモを見つめ、それから満面の笑顔になった。笑うと子供っぽくなって、やけに可愛いく見えた。

「グラシアス！　グラシアス！」ハイタッチを求めてくるので、僕はしかたなく手を合わせた。さあ、帰ってくれ。頼む、帰ってくれ。

彼は嬉しそうに何度もこちらを振り返り、部屋を去って行った。

僕は彼が部屋を出るとすぐにドアをしっかりと締めてチェーンを掛けた。もし彼が戻って来ても、もう開けるつもりはなかった。あの番号に電話を架けた彼がどういう反応をしたかはわからないし、彼には悪いことをしたなと思う。けれども、ほかにどうすればよかったのか。

翌日、部屋を出るときには、怒った彼がその辺で待っていやしないだろうかとさすがに緊張したが、特にそういうこともなく、そのあと彼が戻って来ることもなかった。きっと話がついたのだろう。僕はそう思うことにした。


どれほどいい宿を選んでも、そこで起きるできごとまでは選べない。だから僕自身はあまり宿に興味がない。宿なんて、どこだっていいんじゃないのかと思ってしまうのだ。

「桐島、部費払わないってよ」

忘れたままでいい

僕はもう名刺を持たなくなって久しく、初めて会う人にもこちらから名刺を渡すことはないのに、相手の名刺は戴《いただ》くことになるので、ああ僕は名刺を持っていなくてどうもすみません、などと言いわけめいた言葉を口の中で転がしながら一方的に相手の名刺を受けとることになる。大きなプロジェクトの初会合ともなれば、参加者が複雑に入り乱れ交差しながら、サッカーのパス回しさながらに名刺を交換していくわけで、それはそれでなかなか見応えのあるものなのだけれども、名刺を持たない僕にとっては、ただ所在ない時間でもある。

戴いた名刺にはちょっとしたメモや似顔絵を書き込み、できるだけ早く住所録へ記録することにしている。そのままにしておくとやがてあちこちへ散らばり、探しても見つからなくなってしまうからだ。以前は文具メーカーの拵《こしら》えた名刺ボックスだの専用ファイルだのを使って保存していたが、結局のところ一つの住所録にまとめるのが僕には一番合っているようで、もうずっとそのやり方を続けている。

僕の住所録に書き込まれている一万人近い名前のうち、こちらから連絡を取る可能性があるのはたぶん多くとも三百人ほどだし、もう誰だかさっぱりわからなくなっている人も少なくはない。だから思い切って不要なものは消してもいいのだが、人は僕たちが思っている以上に複雑につながっていて、思いもかけないところで再会することがある。

住所録というのは、単なる連絡先というよりも、これまでに自分が誰とどこでどんなふうに出会ったのかという記録でもあるから、縁があって再会したときに連絡先を消しちゃっていると、なんだか気まずいのだ。だが、中には消しておけばよかったと思う再会もある。


とある広告関係の集まりで戴《いただ》いた名刺を住所録に書き写しているときに、ふと気になる名前が目に飛び込んできた。

「ぜひ鴫さんに面白い広告の企画を考えていただきたいんですよ」

そう言って名刺をくれたのは大手広告代理店に所属する著名なクリエイターだった。

「機会があれば、ぜひ」僕もまたそのように応える。もちろんお互いに機会があるとは思っていない。これが二十歳くらいのころであれば、有名なクリエイターから名刺を戴いたぞ、機会があればと言われたぞ、なんて舞い上がっていたかもしれないし、すぐにでもその機会がやって来ることを期待して電話機の前でじっと待っていたかもしれない。当時はみんな固定電話だったので電話機の前で待つしかなかったのだ。

話は飛ぶけれど、携帯電話が普及してから、僕たちは何かを待つということが減ったように感じている。約束の時刻になっても待ち合わせ場所に相手は現れず、でも連絡する方法はなく、ジリジリと焦るばかりでどうしていいかわからない、そんな経験をすることも減った。あの、ただじっと待っている時間を僕は嫌いではなかったし、ああいう経験が僕たちに忍耐と寛容を教えてくれたんじゃないだろうかとも思っている。それは、さておき。

「機会があれば」

たぶん、その機会はない。もちろん今の僕がじっと待つことはないし、できれば働きたくないのだから、そんな機会などないほうがよいとさえ思っている。それでも著名なクリエイターから声を掛けていただけたことは、僕としても嬉しいことではある。

それほど珍しいわけではないのだが、彼の名前にはほんの少し特徴があって、どこかで見たような気がしていた。第一線で活躍している人なので、広告の専門誌や広告賞の現場などで名前を見かけることもあるだろうけれども、そういう記憶の引っ掛かり方ではなかった。

住所録のデータを検索したものの、特に該当する名前は出てこない。それでもなんだか気になるので、まだパソコンのデータにする以前の、紙の住所録を引っ張り出して、順番に遡ってみた。あった。二十年近く前に、僕は彼から名刺を受け取っていた。住所録の備考欄には鍋にテープと書かれている。

ああ、そうだった。もうすっかり忘れていたけれど、僕は彼に会っていた。


小さなCM音楽の制作会社に、広告代理店の営業担当から電話があったのは、夜もずいぶん遅くになってからのことで、電話を受けたのは社長だった。

「電話だよ、おい。電話だ」ここのところ急に仕事が減って、オフィスの椅子にただ座っているだけの日々が続いていたので、電話が鳴っただけで社長は興奮していた。

「はい。わかりました。では準備してすぐに担当者を向かわせます。ありがとうございます」

「担当者？」嫌な予感がした。会社には僕と社長の二人しかいない。社長が自分以外の人間と言えば、それはすべて僕ということになる。

「例の企画なんだけどさ、今すぐ音楽のサンプルを聴きたいと言っているらしいんだよ」

実際に曲をつくる前に、こんな雰囲気の曲ではどうでしょうかと、ＣＭの監督やプランナーに既存の曲をいくつか聴かせることはあるが、なにごとにも段取りというものがあって、まだぼんやりと方向性を考えている段階なのに、突然そんなことを言われても困る。

「提案は来週の予定ですよ」

「今すぐと言われたら今すぐなんだ。きっといい企画を思いついたんだろう。三、四曲ほど選んで持って行ってよ」

「だけど、今から曲を探して用意したら完全に深夜になっちゃいます」僕は反論した。

「こういうときに機敏な対応をするから、うちは仕事がもらえるんだよ」社長が胸を張る。

「いや、ぜんぜん仕事もらえてないじゃないですか」

「そうなんだよ。俺の時代は終わったんだ。うちはもうすぐ潰れるよ」社長は嬉しそうな顔で悲観的なことを言った。

「社長の時代なんてあったんですか」

「まったくないね」

僕はうんざりしつつ、膨大なレコードやＣＤの中からいくつかの曲を選び、順番にカセットテープへダビングした。紙製のラベルには曲名を丁寧に書き込む。

「じゃ、行ってきます」

「ちゃんとご挨拶をしろよ。不貞腐《ふてくさ》れた顔をするなよ」

「わかってますよ」

僕はいつも不貞腐れていた。ＣＭ音楽の新しい制作方法を考えて欲しいと請われて入った会社だったが、仕事のほとんどは社長の知り合いを訪ねては、何か発注して欲しいと頼む営業ばかりで、音楽の話よりも社長たちの昔話を聞かされる時間のほうが長かった。


テープを入れたリュックを背負って、僕はバイクを夜の街へ突っこませた。基本的にものごとは深夜に決めないほうがいい。今から曲を聴いても翌日になればきっと判断は変わる。夜中に書いたラブレターを翌朝に読み直したら、恥ずかしくて耐えられないのと同じことだ。どうせ今夜決めたものも、明日になればひっくり返される。

繁華街の外れにある巨大なビルの陰にバイクを止めて僕は静かに中へ入った。一階のエントランスは天井が高く、なぜか寒々しい印象を受けた。エレベーターで目的の階まで上がると、深夜だというのにまだ何人かが机に張りついている。

「あのう」僕はその場にいた若い男性に声を掛けた。若手クリエイターの名を口に出す。二十年後、もう一度名刺を渡してくれることになる人の名だ。

「ああ、みんなで鍋を食いに行ったから、今日はもう戻って来ないいんじゃないかな」

「鍋？」

「君、鍋がわかんないの？」

「鍋はわかりますけど、どうして」

「夜メシに決まってるでしょ」

「サンプル楽曲を用意しろと言われたのですが」

「じゃあ持っていけば」そう言って彼は店の名前と場所を教えてくれた。見知らぬ訪問者に簡単に教えてしまうあたり、今ならなんと杜撰《ずさん》なセキュリティだと怒られそうだけれども、当時は何をするにしても、だいたいそんな感じだったのだ。

「いらっしゃいませ」教えられた店は、代理店のビルから徒歩で十分ほどの場所にあった。鍋料理の専門店のようで、店内はいくつもの小さな個室に分かれている。午前零時を回っているというのに、半分くらいは客で埋まっていた。

店員に案内され、僕は奥まった個室に足を進めた。しだいに大きな笑い声が聞こえてくる。

「こちら、お連れ様です」

「別に連れじゃないよ」真っ赤な顔をしたクリエイターが周りの女性たちにそう言うと、何がおかしいのか、みんなが一斉に笑った。

「で、何？」

「サンプル曲をお持ちしました」リュックからカセットテープを取り出す。

「バカだなあ。ここで聴けるわけないでしょ。どうやって聴くんだよ。なあ」

また周りの女性たちが笑う。

「俺の机に置いておいてよ。明日聴くから」

だったらどうして今すぐ持って来いと言ったのか。あなたが今すぐ聴きたいと言ったから、僕はこんな深夜にここまでやって来たのだ。

「そんなに慌てなくてもいいのにさあ。君のところの社長って、なんだかいつも焦ってるよね」

僕は体の芯が熱くなったように感じた。確かに社長はどこか抜けているし、昔の成功体験をずっと引きずっているようなところもある。一緒に仕事をしていた人たちの多くは出世をして偉くなっているわけで、現場の若手からすれば、部長の知り合いだから使え、専務とやっていた人だから丁寧に対応しろ、なんてことを言われる面倒な取引先なのだろう。それでも、若手クリエイターが今すぐ曲を聴きたがっていると言われ、なんとかそれに応えようとしたのだ。

バカにされる筋合いはない。

　ポチャン。

　僕は頭の中で、目の前にある鍋の中にカセットテープを投げ込む想像を始めた。

「うるさい。今聴け。すぐに聴きたいって言っただろ。うちの社長を試すようなことをするな。ほら聴けよ」想像上の大声で想像上のクリエイターを怒鳴りつける。想像上の彼は驚いて申しわけなさそうな顔を見せ、想像上の僕にペコペコと謝罪する。平謝りだ。

「いえ、カッとなった僕も悪かったんです」想像上の僕はそう言って笑顔を見せた。


　結局そのあと自分がどうしたのか、あまりよく覚えていない。きっと代理店のビルに戻ってクリエイターの机にカセットテープを置いたのだろう。

「昨日は大丈夫だった？」翌日、そう尋ねる社長に向かって曖昧にうなずいたあと、僕は住所録を開いてクリエイターの名前を探し、備考欄に「鍋にテープ」と小さく書き込んだ。

　メモを見るまで、僕は二十年間すっかりそのことを忘れていた。わざわざそんなメモを書いたくらいだから、よほど腹が立っていたのだろうけれども、人は案外忘れるものだし、古い記憶は美化されていく。いい出会いも悪い出会いも年月を経れば、それなりに風化していく。

忘れたままにしておけばよかったことを思い出したせいで、僕は今、その人のことがどうも好きになれずにいる。

人は、思いもかけないところで再会する。もしかすると、かつてお互いがどんなふうに出会ったのかは美しい記憶に任せて、名刺のデータは消しておいたほうがいいのかもしれない。

マイルール
その1
「マイルールを明かさないこと」

どこでもない場所

ベッドに入っていよいよこれから眠ろうという段になって、ときどき不思議に思うことがある。このあと再び目を開いたときに訪れる未来が、今この瞬間とつながっていることが、僕はどうも上手く納得できないのだ。今日の自分と明日の自分が、もちろん昨日の自分もだが、それらが切り離されずにずっと続いていることが不思議でたまらない。

どうして寝て起きたあとの自分が今と同じ自分だと思えるのだろう。何を根拠に僕はそう感じるのだろう。僕は明日も自分が自分でいるという自信がない。そんなことを考え始めると、せっかくベッドに入っているのになんだか眠れなくなって、やがて一時間が経ち、二時間が経ち、そうしていつの間にか夜が明けている。

幼いころ、僕のベッドは窓際にあって、寝っ転がって頭を軽く後ろへ反らすだけで窓の外に広がる空を眺めることができた。家が建っていたのは周りにあまり建物のない場所で、夜になると空一面に星が広がっていた。眠る前に星空を見つめていると、突然たくさんの星がすうっと動き始める。流れ星ではない。中には流れ星もあったのだろうけれど、目に映っているすべての星が、上下左右に夜空を激しく動き回るのだ。夜空の端から端へと自由自在に動く星たちを見ながら、僕は自分だけが地球ではない場所にいるような気がして体を震わせていた。

学校で先生に長い時間叱られていると、僕の目には先生がだんだんスターウォーズに出てくる敵役、ダースベイダーに見えてくる。あの人はダースベイダーなのだと思い始めると、先生の声は金属的な響きを帯びて、やがて機械の呼吸音が聞こえ出す。そうなればしめたもの。黒い衣装に身を包んだ悪役が何やら不快な音を放っているだけのことで、いくら何を言われても僕にはもう届かなくなった。誰かが声を荒げて僕を酷く叱るとき、いつもその人は人ではない何かに変わってしまう。

子供のころからずっと僕は何かが違う気がしていた。ここではなく、今ではなく、僕は僕ではなく、僕が所属できる場所はどこにもない。あらゆるものから少しずつ距離を置いた場所に、どこでもない場所に自分はいるのだという諦めにも近い奇妙な倦怠感がずっと僕にはつきまとっている。どうやっても僕は現実に直接触れることができない。

現実と僕との間に半透明の薄い膜が一枚挟まって、僕は常にその裏側で膝を抱えて座り込んでいる。世界から取り残されている。何かに夢中になっている間はすっかり忘れていられるのだけれど、ものごとが終わったときや、ひと息ついたタイミングで僕はそんなふうに感じる。

ちゃんと歩けたり、物を持てたりすることを奇妙だと感じたのはたぶん小学校の低学年のときだ。膝や足首の一つひとつをそれぞれどう曲げるかなんてわざわざ考えないのに、なぜ歩こうとするだけで膝や足首が曲がり、踵《かかと》を地面につけることができるのか。なぜ物を持とうとするだけで肩から手首までが自然に動くのか。あまりにもすべてが自動的で、自分の意思が無視されているような気がする。そんなことを考え過ぎてしばらく歩けなくなった。だから交通事故に遭ったあと本当に歩けなくなり、再び歩くために筋肉の動かし方を一から学んだときにはずいぶんと納得がいったし、今はどの筋肉をどう動かすのかをかなり意識して歩いている。

街の中で大勢の人が交差点を渡っている様子を眺めていると、この一人ひとりが別々の存在で、それぞれ違う意志を持っていることに気づいて怖くなることがある。目の前にある膨大な意思の数に圧倒され、世界中にある意志の数を想像して身動きが取れなくなる。自分ではない他人の意思がこの世に存在することに違和感を覚え、その膨大な数に自分が飲み込まれる気がして、体が強張り妙な汗が出てくる。

そして、こんなにたくさんの意思が存在しているのに、僕と同じ意思を持つ者はどこにもいないという事実が、僕を果てしない孤独の暗闇へ突き落とす。

目の前にあるものすべてが急にどんどん自分から遠ざかり、自分がその場にいる感覚がなくなることがある。何もかもがスクリーンに映し出された映像のように現実感が消え、人も車も空を飛ぶ鳥でさえも演技しているようにしか思えず、下手な色を塗った塗り絵に見えてくる。そのうちに自分の体を偽物のように感じ始める。誰か別の人の体に入り込む感覚。自分の意思とは無関係に僕は存在して、自分が動いているのを僕自身が遠くから眺めている感覚。こうなると夢の中にいるのと変わらない。周りの音はただの雑音になり、ぼんやりとした夢の世界の中を僕はゆっくりと漂い続ける。

最後には自分の考えでさえ自分の意思とは無関係に思えてくる。僕ではない何者かが僕として考えている。確かに今僕が考えていることだけれども、僕自身はそれを考えていないことに気づく。もう僕はそこにいないのだ。

今この瞬間に自分が存在していることがどうにも奇妙に感じられ、友人や知人と会話をしながら、なぜ僕はこの人と会話をしているのだろうか、どうして友人でいるのだろうかと考えるのは、別にその人が嫌いだからじゃない。自分がその人と会話をしていることそのものが不思議に思えてしかたがないのだ。

酷く緊張したり、喜びや悲しみの感情が大きく振れたりすると、僕は現実感を失う。それはちょうど、スピードを出し過ぎないよう自動車に取りつけられるリミッターのようなもので、感情が大きく振れ始めると、僕の感情は一定のところで抑えられ、やがて現実感が消えていく。知らない人がたくさんいるパーティや大人数でのイベントが苦手なのはそういう理由からで、僕はその場にいるのにその場から消えてしまうのだ。

みんなで何か一つのことを喜んでいたり、あるいは酷く悲しんでいたりするときに、僕は自分が当事者であっても、まるでそれが自分とは無関係であるかのようにふるまって、あいつは冷たいなんて言われるが、それはたぶん目の前のできごとに現実感がないからなのだ。大きな事件や事故、災害などといった極端な状況に遭遇すれば誰だって同じように現実感を失うだろうから、僕はただ、人よりもそうなりやすいだけなのだと考えることにしているし、だからこそいろいろなトラブルに巻き込まれても、それなりに平然としていられるのだろうと思う。そういう意味では、この奇妙な感覚も多少は役に立つことがあるようだ。

遠い過去と近い過去の区別があまりつかず、遥か昔のできごとをまるでつい先日起きたことのように感じることがある。その逆に、わずか数分前のことを何年も前のことのように思うこともある。今起きていることを、まるでかつてどこかで見たことがあるように感じる現象をデジャヴという。あれがずっと続くようなものだと言えばイメージしてもらえるだろうか。

人は誰でも頭の中にカレンダーを持っている。時の距離感とでも言えばよいだろうか。現在と過去は明確に区別されていて、去年よりも先週のほうが今に近いと感じられるし、一時間前よりも昨日のほうが遠いと感じられる。そして僕はその距離感がときどき狂う。

一番酷かったときには、今と過去の区別が完全につかなくなって本当に混乱した。時間の感覚が壊れると、自分が今体験しているこの瞬間さえ信用できなくなる。僕たちは時間の流れに沿って選択を繰り返してきた結果、今ここにいるのに、その記憶の順番が狂うと自分が今ここにいる理由がわからなくなってしまうのだ。

言葉の意味と内容がバラバラになってしまったことがある。ものごとの意味や内容はわかるのに、そのものを指し示す言葉が出て来ないのだ。

「包帯を切りたいから目の前にあるハサミを取って欲しい」

たったこれだけのことが言えない。自分の足に巻きついている白い布のことはわかるし、それを切るための道具もわかる。その道具をどう使えばいいかもわかる。けれども「包帯」も「ハサミ」も「切る」や「取る」という動詞も、まったく出て来ない。もちろん「白」や「布」も出て来ない。僕の頭の中にあるのは言葉ではなくイメージだ。目の前にあるものとそれに関するできごとのイメージが次々に切り替わり、そしてその膨大なイメージをたった一つの単語に収められるとわかっているのに、どうしてもその単語が出て来ない。僕はただ呻き声をあげるしかなかった。当然コミュニケーションは成立しない。考えていることを言語化できないのは本当に恐ろしい経験だったし、自分のイメージを誰にも伝えられないだけで、これほど深い孤独を感じるのかとも思った。

いつも僕は自分が境界線に立っているような気がしている。現実と妄想、内側と外側、自分と他人、過去と現在。あらゆる境界線の向こう側とこちら側を同時に眺めながら、けっして僕はどちら側にも所属することがない。どちら側にも所属させてはもらえない。僕はどこでもない場所にいる。どこでもない場所にしか、僕の居場所はない。

けれども、はたしてこれは僕だけの感覚なのだろうか。誰もが僕と同じようなことを感じたり考えたりしているのではないだろうか。今日と明日がつながらないことも、自分を自分だと思えないことも、ダースベーダーが叱ることも、常に現実感がないことも、過去と現在が混ざることも、きっとみんなそれぞれの形で感じているのではないだろうか。

突き詰めれば僕たちはみんな孤独な存在だ。どれほど仲がよくても、どれほど愛し合っていても、完全に他者を理解することはできないし、自分自身を理解してもらえることもない。他者の感覚は永遠にわからない。でも、だからこそ僕たちは深い孤独の中で、互いを理解し、理解されたいと願う。そしてその願いを想像力と呼ぶのではないだろうか。

まっかなエビと
欲しいものはそう
エビデンス

朝まで踊るよ
まっかなエビと
欲しいものはそう
エビデンス

朝まで踊るよ
まっかなエビと
欲しいものはそう
エビデンス

朝まで踊るよ
まっかなエビと
欲しいものはそう
エビデンス

朝まで踊るよ
まっかなエビと
欲しいものはそう
エビデンス

朝まで踊るよ
まっかなエビと
欲しいものはそう
エビデンス

朝まで踊るよ
まっかなエビと
欲しいものはそう

すべての道は

コンパスの針は常に北を指す。聞くところによると、動物にもコンパスのような能力があるらしく、渡り鳥が方角をまちがえずに長い距離を飛べるのも、遠く外洋を回遊した鮭が生まれ故郷の川へ戻って来られるのも、体内にあるコンパスのおかげなのだという。どう贔屓《ひいき》目に見ても僕にはまったくない能力だ。

と、ここまで書いてから、ふと引き出しにしまっていたコンパスを取り出して机の上に置いてみると、北を指すはずの磁針はゆっくり回転したあと、なぜか南西を指して止まった。これは変だぞと振ったり回したり、いろいろと試してみるが、何度やっても針は南西を指すものだから、とうとう笑ってしまった。まったく理由はわからないが、どうやら僕のコンパスは北を指してはくれないらしい。こうなると、僕がよく道に迷うのも当然だという気がしてくる。

気圧の影響か天候のせいか、はたまたストレスから逃れた開放感からか、西ヨーロッパを訪れるたびに、僕は全身からふっと力が抜けるような気がする。体が軽くなるだけでなく、猫背気味の背中はシャンと伸びるし、いつもうっすらと感じて僕を悩ませている頑固な肩こりさえ消えてしまうから不思議だ。

ヨーロッパの街はどこも好きだが、中でもパリは昔から大好きな街の一つで、パリが好きだと言うと、ずいぶんミーハーだなんて笑われそうだが、やっぱりパリは素敵な街なのですよ。もちろんテレビや雑誌などで取り上げられているオシャレなパリばかりではなく、汚く荒《すさ》んだパリもある。

中心部から離れるとかなり治安は悪くなるし、日本ではほとんど見かけることのない物乞いの人たちだってあちらこちらで見かける。しばらく滞在していたときには、若者たちが車を燃やしている現場に何度も遭遇したし、借りていたアパートの前で数人の男たちが派手な殴り合いをしていて、怖くて家に帰ることができず、ぶらぶらと時間を潰したこともある。

鉄道の窓口や郵便局、役所といった公共施設の対応はそっけなく冷たいし、観光都市なのに他所者《よそもの》を拒むようなところもあるから、手放しですばらしい街だとは言い難い。

それでも僕はパリが好きだ。そこに漂う佇まいというか、あの街から感じられるある種の思想のようなものが好きなのだ。

パリは僕を僕のまま放って置いてくれる。自分のことは自分で決める代わりに、他人のやることにはできるだけ余計な口出しをしないという態度が心地よい。


世界のどこへ行ってもすぐに道に迷うことになる僕は、もちろんパリでも道に迷う。ヨーロッパの古い街はだいたい全部似ているから迷わないほうがおかしいし、別に生きて帰れないような環境でもないので、たとえ迷ったとしてもいちいち慌てる必要などない。たぶんこっちだろうと適当に方向を決めて淡々と歩いていればそのうちにどこかに着く。

大通り沿いに建ち並ぶ石やレンガやモルタルでつくられた建造物の外壁には、はっきり目立つように施された派手な装飾のほかに、誰にも気づかれないようにこっそり設《しつら》えられた装飾などもあって、そんな装飾を探しながらのんびり歩いていると、しだいになんとなく知っている場所のような気がしてきて、そしてやがて目の前にあのオペラ座が現れる。ここで僕の言うオペラ座とはバスティーユにある新オペラ座ではなく、昔からあるガルニエ宮のほうです。

どういうわけかパリで道に迷うたびに僕はオペラ座に着く。歩いているときだけではない。バスや地下鉄に乗っていても、迷ったときにはなぜか必ずオペラ座に着いてしまうのだ。

そこへ向かっているつもりはないのに、人に道を聞いて教わったとおりに歩いていると、オペラ座の白い壁が目に入ってくるし、待ち合わせ相手からもらったメールを頼りに約束の場所へ向かう途中、何気なく首を回すと数ブロック先に例のオペラ座の怪人が見えている。

あまりにもしょっちゅうオペラ座に行き着くものだから、つまりまあ、それだけ僕がしょっちゅう迷子になっているということなのだが、ほかのどの区よりもオペラ座の周辺だけは詳しくなってしまったほどだ。

もともとパリは放射状につくられている街だから、大通りをてくてく歩けばいずれ中心部に行き当たるのは当然といえば当然なのだけれども、反対方向に進めばぜったいにオペラ座に着くことはないし、オペラ座が全体の中心というわけでもないので、どうにも不思議でならない。

しかも、オペラ座に着くのは道に迷ったときだけではないから、謎は深まる。

いつだったか、パリに滞在しているときにパソコンが壊れてしまったことがある。いくら電源を入れ直そうが叩こうがまるで動かず、これでは仕事にならないと困り果てて、よしもう買い直すほかないと心を決め、急いでパソコン店へ向かうことにした。調べると僕が使っているパソコンの販売店はオペラ座のすぐ裏にあるのだ。もしも他のメーカーの製品を使っていれば、オペラ座へ行くことはないのに、やっぱり僕はオペラ座へ向かうことになるのだ。

日本から遅れて到着した番組スタッフを迎えに行くことになり、どの駅で会うのが一番効率的だろうなんてことを考えながら宿で待っていると、携帯電話にメッセージが届く。

「空港からバスに乗りました」

「了解です。どこに着きますか？」

「八時にオペラ座です」

ほら、またオペラ座だ。どうしたってオペラ座なのだ。

こうしてパリにいる間、とにかく僕は何度も何度もオペラ座へ行くことになる。パリは僕を僕のまま放って置いてくれる街なのに、なぜかオペラ座にだけは向かわせようとする。

もう僕に言わせれば「すべての道はオペラに通ず」だし、こうなったら一度くらいはオペラ座で、ばっちりオペラを観劇するべきじゃないかという気にもなってくるわけです。


今まで僕はいろいろな職を転々としてきた。もともと何かを断るのが苦手ということもあって「今何やってるの？　ちょっとうちを手伝ってくれない？」なんて言われると、声を掛けられるまま誘われるがまま、たいして深く考えることもなく「ええ、いいですよ」と、行き当たりばったりに職を変えてきた。けれども振り返ると、そこに一貫性がまったくなかったわけでもなさそうだ。

僕に声を掛ける人たちだって、僕に何ができるのか、あるいは僕には何ができそうなのかを考えて声を掛けるだろうし、僕だって絶対にやりたくないことは断るから、なんとなく同じようなジャンルの仕事をすることになったのだろう。

音楽、美術、映像、広告、デザイン、イベント、演劇、ゲーム、放送、小説。自分で積極的に選んだわけじゃないが、これまで僕のやってきたことは、大きく括れば同じ方向にあるものばかりで、そして、これはこじつけなのだが、どれもオペラの要素に含まれるものばかりだ。

音楽と演劇が、美術と文学が、歴史と現代が、人工物と肉体が互いに混じり合い、観客を魅了するオペラは究極のエンターテイメントの一つだし、歴史ある興行の一つだ。

それはパリに暮らす普通の人々にとっても日常的な出し物ではない。日ごろは慎ましく暮らしている人々が年に数回、ときには数年に一回、少し奮発して着飾り、楽しみに出かけるイベントなのだ。オペラを観なくても人は生きていける。でも、その日オペラを観た時間は、その記憶は、たぶんそのあとの人生にずっと残り続ける。それがエンターテイメントの力なのだし、僕たちが生きていく上で、その力はわりと大切なものだと思っている。

今すぐ目に見えて役に立つものじゃないけれど、いつか役に立つかもしれないもの。毎日の緊張に疲れてしまったとき、ちょっとした支えになるもの。自分のことを自分で決めようとするときに指針になってくれるもの。僕は自分でも知らないうちに、ずっとその方角に向かって歩いて来たのだろう。

すべての道はオペラに通ず。

道に迷うたびに僕がいつもオペラ座へ着くのは、もしかすると必然なのかもしれない。僕の体内コンパスはかなりのポンコツで、けっして北を指してはくれないくせに、人生の大きな方角だけは、きっとぼんやりと示してくれていたのだ。

僕はまだオペラ座でオペラを観たことはない。でも、いずれ観ることになるのだろうという予感だけはしている。

弁慶

迎えの車は当時僕が働いていた仕事場のあるビルまで来てくれる約束で、到着したら電話をもらう手はずになっていたのだが、約束の午後三時半を過ぎても一向に連絡は来ず、とっくに旅支度を終えていた僕はイライラし始めていた。フライトは七時なので五時までに空港へ着けばいいし、まだ十分に時間はあるのだが、大きくてややこしい荷物を持ち込むので、できれば早めに到着したかったのだ。

ようやく電話が架かってきたのは四時を少し回ったころだった。

「今、正面ですか?」

ビルの入り口は複数ある。僕はスーツケースを手元に引き寄せながら聞いた。

「それが、大変なことが起きてしまったんです」電話の向こうで先生が暗い声を出した。

「どうしたんですか?」

「車が動かなくなったんです」

先生は現代美術作家で、オーストラリアで開催されるアートフェスティバルからの招待を受け、現地でいくつかの作品を展示する予定だった。僕は先生のアテンドと現地での手伝いを頼まれていて、この日、先生は自分の作品を積んだワゴン車で僕を迎えに来ることになっていた。

「思っていたよりも荷物が重かったみたいでね」先生は淡々と言うが、内心ではかなり焦っているようだった。

「もうダメかもしれない」

「大丈夫です。なんとかしますから、先生はそこにいてください」

先生の居場所を聞いた僕は、分厚い電話帳を繰って、その周囲にあるレンタカー屋へ次々に電話を架け始めた。まだネットで検索できる時代ではない。

ところが、どういうわけかワゴン車もトラックもすべて予約で埋まっているのだ。僕は頭を抱えた。金曜の午後にそんなにトラックが必要なのか。先生の作品はそれなりに大きなものばかりで、さすがに普通車には載せられない。ともかく現場に行って状況を確認しよう。なんとかするのが僕の役目だ。僕はタクシーを拾い、先生の車が停まっているという場所へ向かった。

タクシーの中から劇団関係者やイベント業者など、トラックを持っていそうな友人や知人に電話を架けるが誰も出てくれない。

ポツリ。タクシーのフロントガラスに水滴が落ちた。雨が降り始めていた。

タクシーを降りると、先生は自分のワゴン車の前で何やら大きな声を出していた。ワゴン車のすぐ後ろには青色の軽トラックが停まっていて、男性が二人掛かりで巨大な箱を積み替えようとしているところだった。

「先生」

「おお。車が壊れたって車屋に文句を言ったら、代車を出してくれたんだよ」

なんとか積み終えた荷物の上にブルーシートが掛けられる。

「軽トラってのは、かわいくていいな」

坊主頭に作務衣《さむえ》という出で立ちの先生は、さっきまでの沈痛な雰囲気とは打って変わった明るい声を出した。

青色の軽トラックはところどころ塗装が剥《は》げ落ちて錆が浮いていた。ひと言で言えば、オンボロという表現がふさわしい。

「よし行こう」壊れたワゴン車は車屋に託し、僕たちは急いで軽トラックに乗り込んだ。先生がハンドルを握る。時計を見ると午後五時近かった。

「先生、時間がありませんからね」

「わかってる、わかってる」

通常、国際線の搭乗手続きは二時間前までと言われているが、実際には一時間前までならギリギリなんとかなることを僕は知っていた。それでも、もう一時間しかない。

先生がアクセルを踏み込むと、軽トラックは甲高いエンジン音を上げ、ガタガタと揺れながらゆっくりと発進した。

幹線道路からまもなく高速道路へ差し掛かろうかというところで、いきなり雨が激しくなった。オンボロ軽トラックは防音などされてない。車の屋根に雨が当たってカンカンとカリンバのような音を立て、ザーザーというノイズがその隙間を埋め尽くす。雷が光り、遠く近くで雷鳴が轟《とどろ》いた。ワイパーを最速にしても前が見えないほどの豪雨で、まるで水の中を走っているようだった。地面が川になると、タイヤを取られないようノロノロと走るほかない。

「あああ、ダメだ。もうダメだ。間に合わない」

慣れていない車を運転しているところにこの豪雨。先生はまたしても泣きごとを言い始めた。

「大丈夫です。なんとかなります。運転、僕が代わります」

たぶん悪路に慣れている僕が運転するほうがよさそうだった。路肩に車を停めて、素早く席を入れ替わる。ほんの一瞬外に出ただけなのに、二人とも全身がずぶ濡れになった。

高速道路に入ると僕はアクセルをベタ踏みした。荷物が重いせいか、それでもあまり速度は出ない。相変わらず雨は酷かったが、一般道に比べれば高速道路はずいぶんと運転がしやすい。とにかく少しでも時間のロスを取り戻さなければならなかった。

「先生、航空会社に遅れるって連絡してください」五時を過ぎていた。

「ああ、そうだね」

ネットでのチェックインなどない時代には何をするにも電話が欠かせないのだ。

「待ってくれるらしい。さすがだな。さすがだよ」

何がさすがなのかはわからないが、電話を切った先生は一人で何度もうなずいた。

高速道路に入ってからは、ずっと順調に走っている。このペースなら六時過ぎには着けそうだ。なんとかなったぞ。僕もようやく肩の力が抜けた。

先生と出会ったのは半年ほど前のことで、作品づくりを手伝ったのがきっかけだった。先生の作品は音楽と美術と機械が複雑に絡まっているものが多く、先生自身はこれをある種の楽器なのだと言い、実際に演奏するところまでを含めて一つの作品になっていた。

今回、オーストラリアへ持っていく作品の一つは、直径二十センチ、長さ一メートルほどの金属の筒にオートバイのハンドルが取りつけられている楽器で、アクセルをひねると電子音が鳴り、同時に、筒の先端にあるミラーボールが回転する仕組みになっていた。これを腰に装着して演奏すると、かなりエロティックな格好になる。

軽トラックは順調に高速道路を走っていく。重い荷物を積んでいる上に、激しい雨が降っているから、急ブレーキだけは避けなければならない。僕は車が水溜りに突っ込まないよう懸命に目を凝らしながら、それでもアクセルはベタ踏みにしたままだった。

五時五十分。遠くに緑色をした出口表示が見えてきた。

「あと二つです。あの出口を過ぎたら次は空港です」

「いやあ。一時はどうなることかと思ったけど、なんとかなりそうだなあ」

先生は歌を歌い始めた。加山雄三の「君といつまでも」で、歌っているうちにかなりご機嫌になった先生は、間奏のセリフまで完全に再現した。

バアアンッ。突然、車の前方から、何かがボンネットにぶつかったような金属音が聞こえた。けれども、実際に何かが車にぶつかったわけではなさそうだった。雨で見辛くなっているとはいえ、ボンネットに何かが当たればきっと目にしたはずだし、衝撃も一切感じてはいなかった。

「今の音はなんだったんでしょうね」僕がそう口にする前に、軽トラックのスピードが急激に落ち始めた。おかしかった。いくらアクセルを踏んでも速度が上がらない。

カツン、カツン、カツン。まるでアクセルペダルがすっぽ抜けてしまったように、何度も床に当たって乾いた音を立てる。

「先生」僕は自分の声が必要以上に硬くならないよう気をつけながら言った。

「どうしたんです」

「車、壊れたみたいです」

ボンネットの隙間から白い煙が上がり始めていた。重い荷物を載せたまま長時間アクセルをベタ踏みし続けたせいで、エンジンにかなりの負荷が掛かっていたのだろう。

僕の旅にトラブルはつきものなので、ちょっとやそっとのトラブルには驚かないし、たいていのことであればなんとかなると思っているのだが、それでも、まさか代車として用意してもらった軽トラックまでが壊れるのは予想外だった。

「どうする。どうするんだ。ああ、もうダメだ。やっぱりダメだったんだ」先生はぎゅっと目を閉じた。ゆっくりと首を左右に振る。確かに万事休すに近かった。

僕はギアをニュートラルに入れ、ハンドルを切って軽トラックを路肩に寄せた。すぐ先の出口まで四百メートル。今までの惰性で走っているうちに、できるだけ距離を稼ぎたかった。ここで止まってしまったら対処のしようもないが、高速道路の外にさえ出られたら、なんとかなるかもしれない。高速道路の出口を考えると、この次が空港なのだ。ジャンボタクシーがいいのかレンタカーがいいのかはわからないが、手段を見つければ、まだなんとかなる。

軽トラックは路肩を惰性でゆるゆると進んだあと、出口への分岐へゆっくりと入って行き、料金所へのランプに差し掛かる直前でついに停まった。道は僅《わず》かな上り坂になっていた。惜しかった。この坂さえ越えていれば、料金所までは下り坂なので問題なく進めたはずだった。

僕は車を降りて軽トラックの後ろに回った。手で押すつもりだった。危険行為だから絶対にやってはいけないのだけれども、車は出口への分岐の途中で停まっているのだ。ここに停めるのだって同じくらい危険なことなのだと僕は自分に言いわけをした。

「先生、交代を」

先生が運転席に乗ってハンドルを握るのを待ってから、僕は車の荷台に肩を当て、スクラムを押すときの要領で力を入れた。軽トラックは思った以上にあっさりと動き始めた。それでも力をかけ続けていないと前には進まない。大雨の中、ずぶ濡れになりながら僕は軽トラックを押し続けた。手にも顔にも服にも泥のような黒い油がついた。たぶん五十メートルほど押したと思う。やがて車はランプの下りに差し掛かり、ゆっくりと速度を上げ始めた。

料金所で一度停まり、先生が代金を払い終わると、僕はもう一度車を押し始めた。料金所のおじさんは、どうやらそこまで普通に走って来たと思っていたようで、車の後ろで息を切らしながら必死で押している僕を見て、驚いたような顔を見せた。

料金所を抜けると、また緩やかな下り坂になっている。僕の手を離れた車はしばらく先まで進むと、路肩ギリギリに寄って停まった。

「先生」僕は運転席の窓に近づいた。

「今度こそダメだ。もう完全にダメだ。お手上げだ」

泣きごとを言う先生が僕は面倒くさくなった。ここまで僕は必死で運転して遅れを取り戻し、さらに停まってしまった車をドロドロになりながら押したのだ。先生だって何かやってくれと思った。先生は機嫌よく歌っただけじゃないか。

「先生、車屋に電話して、この辺に知り合いがいないか聞いてください」

「いや、もう無理だよ。ダメだよ」

先生が車から降りてきた。どこで用意したのかビニール傘を差している。

僕は時計を見た。六時二十分。確かにダメかもしれない。僕は壁にもたれ掛かった。今からレンタカー屋を見つけて車を借りる手続きをして、荷物を載せ換えて空港へ向かう。どう考えても三十分でできることではなかった。レンタカー屋を見つけても、そこに着くだけで時間切れになってしまうだろう。雨は少し小降りになったが、もうどうでもよかった。ここまでなんとか諦めずに来たけれど、さすがにもう終わりだ。僕は濡れたまま地面を見つめた。

「そうだ。航空会社に電話を」

自分たちが諦めるにしても、周りに迷惑をかけてはいけない。状況を説明してフライトをキャンセルしたほうがいい。そう言おうと顔を上げた僕の視界の中に先生はいなかった。

いつの間にか先生は高速道路の出口の前で仁王立ちをしていた。足元に白いビニール傘が転がっている。

ちょうど四トントラックが料金所を抜けて出て来ようとしているところだった。銀色の車体には青い色で魚の絵が大きく描かれていた。すぐ後ろには白いワゴン車が続いている。

「停まれえ！　停まれえ！」先生は叫んだ。

僕はぼんやりとその光景を見ていた。

雨の中、ずぶ濡れになった坊主頭の男が両腕を上げ、トラックに向かって絶叫していた。糸のように降り注ぐ雨は、まるで先生に突き刺さる矢のようだった。雷光が先生の姿を一瞬シルエットに変える。弁慶の立ち往生ってこんな感じだったんだろうと僕は場違いなことを思った。

トラックが停まった。

「どうしたんすか？」運転手が窓から顔を出す。

「空港へ！　空港へ行ってもらいたいんです！」先生は叫んだ。

あわてて僕が近づき説明をする。車が壊れたこと、大きな荷物があること、フライトが七時だということ。まだチャンスは残されている。

「よっしゃ」運転手が降りてきた。後ろのワゴン車からは若者たちがぞろぞろと降りてくる。同じ現場で働いている仲間だと言う。

「おい、積め」運転手の号令でブルーシートが剥《は》がされ、あっという間に軽トラックの荷物が四トン車に載せられた。先生が航空会社に電話を架ける。

「俺たちが着くまで待ってくれるらしい」先生は勝ち誇ったような声を上げた。

あとからわかったのだが、先生はオーストラリア政府から正式に招かれた要人扱いになっていて、どうやら航空会社としては待たざるを得なかったらしい。

魚のトラックは七時ちょうどに空港の出発ロビーへ横付けされた。荷物を下ろそうとする先生に運転手が怒鳴る。

「俺たちが下ろすから、あんたは先に手続きに行きな」

僕たちはロビーを抜けて航空会社のカウンターへ走った。六、七人ほどの空港職員が僕たちに向かって手を上げ、僕も彼らに向かって大きく手を振った。

僕の緊張はそこで解けたのだろう。そこから先はまるで夢のような朧《おぼろ》げな記憶しかない。

現代美術の作家とそのアテンド係が現れると思っていたところに、雨と油でドロドロになった男が二人現れたことに航空会社の地上職員たちが明らかにショックを受けていたこと。

荷物の重量が百キロ以上もオーバーしていて、これは載せられないと言われて怒った先生が、スーツケースの中に入っていた服をすべてその場に捨てようとして職員に叱られたこと。

飛行機の中に入った途端ドアが閉められ、機体が動き始めたこと。そして、出発が遅れた原因を見つめる乗客たちの視線が冷たかったこと。

僕の旅にトラブルはつきものだけれども、ここまでヒヤヒヤした経験は他にあまりない。トラブルがいくつも重なると、僕たちはつい挫けそうになる。それでも僕たちは間に合った。何度も泣きごとを言った先生が、最後の最後で仁王立ちした。あの執念が僕たちを間に合わせた。

そう。諦めさえしなければ、たいていのことはなんとかなる。それが一番大切なのだ。

GOAL!

おなまえ ＿＿＿＿＿＿＿＿＿＿＿＿＿＿

ご住所 ＿＿＿＿＿＿＿＿＿＿＿＿＿＿

おでんわ ＿＿＿＿＿＿＿＿＿＿＿＿＿＿

POINT★CARD ポイントカード

START

★1回の迷子ごとに、スタンプを1個捺します。

★スタンプ40個で ＿＿＿＿＿＿＿＿＿＿＿＿。

「交渉」は『群像』（二〇一四年十二月号）に掲載された
同名作品を加筆修正して収録しました。

浅生鴨（あそう・かも）

一九七一年神戸市生れ。大学在学中より大手ゲーム会社、レコード会社などに勤務し、企画開発やディレクションなどを担当する。その後、IT、イベント、広告、デザイン、放送など様々な業種を経て、NHKで番組を制作。その傍ら広報ツイートを担当し、二〇一二年に『中の人などいない@NHK広報のツイートはなぜユルい?』を刊行。現在はNHKを退職し、主に執筆活動に注力している。著書に『アグニオン』『猫たちの色メガネ』『伴走者』がある。

どこでもない場所

二〇一八年九月三十日　第一刷発行
二〇一八年十月三十日　第二刷発行

著者　浅生鴨
発行所　株式会社左右社
東京都渋谷区渋谷二―七―六―五〇二
TEL　〇三―三四八六―六五八三
FAX　〇三―三四八六―六五八四
http://www.sayusha.com

装幀　クラフト・エヴィング商會［吉田浩美・吉田篤弘］
装画　中村ゆずこ
印刷・製本　創栄図書印刷株式会社

 ISBN978-4-86528-209-2